余命半年と宣告されたので、死ぬ気で『光魔法』を覚えて呪いを解こうと思います。II

～呪われ王子のやり治し～

熊乃げん骨
イラスト／ファルまろ

I have been told that I have only six months to live,
so I am determined to die and learn "light magic" to break the curse.

「よく来たね私の研究所《ラボ》へ。私はここ時計塔の主だ」
サリア＝ルルミット
「時計塔の引きこもり」と呼ばれる少女
「あなたの光も見せてください」
セシリア・ラ・リリーニア
『聖王国リリニアーナ』のお姫様にして光魔法を得意とする聖女
「——何年ぶりか、ここに人が来るのは」
ルナ
魔法学園の地下に幽閉されていた謎多き女性

セレナ
カルスの相棒にして精霊の姫
「――廻れ光の奔流よ。
魔を滅し、光溢れる世界を齎し給え。
渦巻く光の奔流《トルネ・ライ・リーバ》!!」
カルス・レディツヴァイセン
生まれつき呪いを胸に宿す光魔法の使い手
「――気高き祖狼の雷《いかづち》よ。
天を裂き、仇なす数多を滅し給え。穿て。
雷迅狼の噛咬《ヴォルフ・リリ・バウガ》!」
ヴォルガ・ルー・ジャガーパッチ
魔法学園一年上流クラス所属の獣人
「あいつはまだやる気よ。
それを邪魔することはできない」
「ですが……」
クリス・ラミアレッド
剣聖の愛娘にして
魔法学園一年Aクラス

余命半年と宣告されたので、死ぬ気で光魔法を覚えて呪いを解こうと思います。II

I have been told that
I have only six months to live,
so I am determined to die and
learn "light magic" to break the curse.

～呪われ王子のやり治し～

熊乃げん骨

イラスト／ファルまろ

普通に生きられることは、幸運だ。
どこまでも広がる世界を見ながら、僕はそう思った。

第一章　王都ラクスサス

がたんごとん、がたんごとん。

小気味よく揺れる馬車に身を委ねながら、僕は窓から外の景色を眺める。

長年過ごした、このホバの森ともお別れだ。外に出たいとずっと思っていたけど、いざお別れとなると寂しいね。

「カルス様、お茶はいかがですか？」

「ありがとう。もらうよ」

シズクから金属製の水筒を貰《もら》い、口をつける。

よく冷えたお茶だ、美味《おい》しい。屋敷を出てから時間が経《た》っているけどまだキンキンに冷えている。

シズクが魔法で冷やしていてくれたのかな？

「……ぷは、ありがと。それにしてもここら辺は他の馬車は通ってないんだね」

「ここの森一帯は王家の私有地となっております。関係者以外の立ち入りは禁止されているのです」

「そういえばそうだったね」

屋敷があったホバの森は、なんの変哲もない普通の森であり、貴重な資源などはない。その上王家の私有地ともなれば森に侵入しようとする輩《やから》はいないか。

僕みたいなのを隠しておくにはうってつけの場所だね。

「お、森を抜けたね。わ、凄《すご》い景色だ……！」

目の前に広がるのは広い平原。

レディヴィア王国中央部に広がる『ルアゴ大平原』だ。本で見たことはあるけど、実際に見ると迫力が全然違うや。

平原には南イリス川という大陸で二番目に長い川が流れている。その川にかかった橋を渡り、馬車はどんどん進んでいく。

目指すは王都ラクスサス。そこにある魔法学園レミティシアだ。

魔法学園はこの大陸でも最大規模の魔法使い育成機関だ。なので王国以外の国からもたくさんの魔法使い志望者が集まるらしい。

魔法学園で優秀な成績を残して卒業できた生徒は、そのまま魔術協会に入ることが出来る。協会に入るには本来厳しい審査を通過しなくちゃいけないからそれをパスできるのは大きい。

だから協会に入りたい人は魔法学園に入学する人が多いと師匠が言っていた。

「楽しみだなあ……」

不安なこともちろんある。

でもそれ以上に新生活への楽しみが今は大きい。いったいどんな学生生活が僕を待っているんだろう。

◇　◇　◇

馬車で移動すること半日。僕達の馬車は王都ラクスサスに到着した。

王都の中には見たこともないほどたくさんの人がいて、僕は思わず窓から身を乗り出して外を見てしまう。

「うわー！　人が多いとは聞いていたけどこんなに多いとは思わなかったよ。ねえ、あれってなんのお店かな⁉」

見たことのない店、商品、食べ物。王都は刺激で満ち溢《あふ》れていた。本当なら着いてすぐに住む家を見に行くはずだったけど、ついつい馬車を停めて寄り道をしてしまう。

「なんだろうこれ？」

まず最初に立ち寄ったのは、用途が分からない物が多数置かれている露店。

並んでいるのはランプにランタン、変な壺《つぼ》。

どれも興味を引かれるね。

「あの、これはなんですか？」

ランプを指差し、露天商のおじさんに尋ねる。

おじさんは僕を値踏みするように見たあと、仕方ないといった感じで説明してくれる。どうやら冷やかしではないと判断してくれたみたいだ。

「これは『魔法のランプ』だ。中に精霊が封印されていて、封印を解くことが出来ると精霊がなんでも願いを叶《かな》えてくれる……そうだ」

「へえ！　そんな物があるんですね！」

やっぱり王都には面白い物がたくさんある。

僕はそのランプにすっかり心を奪われれた。

「そのランプ、触ってもいいですか？」

「ああいいとも。その代わり封印を解いちまったら買い取ってくれよ」

そう言っておじさんは僕にランプを渡してくれる。

表面に煤《すす》のついたそのランプは、ただのランプにしか見えない。

「今なら定価の半額、銅貨二枚で売ってやろう。夢を買えると思えば安いもんだろう？」

ここが売り時とおじさんはランプを勧めてくる。

銅貨二枚は食事二回分くらいの値段だ、払えなくはない。だけど、

「……いえ、やめておきます」

僕は断り、ランプを置いた。

おじさんは拍子抜けしたように「そうか？」と言う。急に興味を失ったから不思議に見えたんだろうね。

あのランプはいらないけど、ここまで居座ったんだから何か買わないと悪いよね。

何か良さそうな物は……あ。いい物を見つけた。

「えっと、その本をいただけますか？」

「ああいいぞ。こっちは銅貨一枚だ」

お財布から銅貨を一枚取り出し、手渡す。

買ったのは有名な冒険小説の新刊だ。家にはまだなかったからありがたい。

「ありがとうございます」

そう言って僕は露店から立ち去る。

すると一連の流れを見ていたシズクが不思議そうに尋ねてくる。

「よろしかったのですか？　あのランプは買わなくて」

「うん。だってあれただのランプだったんだもん」

そう言うとシズクは少し驚いたような表情をしたあと、「それはなぜ分かったのですか？」と再度尋ねてくる。

「師匠に本物と偽物の魔道具の見分け方を教わったんだ。本物の魔道具は魔力を流すと、魔力が引っかかるような感触があるんだ。だけどアレにはなんの感触もなかった。だからただのランプだと思うよ」

それに近くで見てみると作りも結構荒かった。

他の怪しげな魔道具っぽい商品も似たような印象を受けたから、あの中に掘り出し物はないと思う。お店はたくさんあるし、一つの店に長居するより色々見て回りたかった。

「なるほど……そのような目利きが出来るようになっていたとは驚きです。さすがですね、カルス様」

「そんな、これくらいたいしたことないよ」

そう目を見ながら褒められると照れくさい。

僕はシズクから視線を外す。

するとシズクはと露店の方を向いて、険しい目つきをする。

「それにしてもそのような不良品をカルス様に売ろうとするとは不届き千万ですね。……消しましょうか？」

「い、いや！　そこまでしなくて大丈夫だから！」

おっかないことを言うシズクを慌てて止める。

確かに不良品ではあったけど、店主の人も魔道具をよく分からず売ってるんだと思う。

高値で売ってるわけでもないし、あれくらいだったら放っておいても大丈夫だろう。

「それより他の店も行ってみようよ。ちゃんとした魔道具もあるかもしれない！」

「かしこまりました。それでは僭越《せんえつ》ながらお供させていただきますね」


僕はシズクと共にいろんな店を見て回った。

ちゃんとした魔道具を売っている店も王都にはもちろんあって、欲しいなと思う物もあったけど、やっぱりそういう物は高い。お小遣いとして貰った金額じゃとても買えなかった。

魔道具は買えなかったけど、王都にはたくさんの食べ物も売っていて、それを食べながら歩くだけでも十分楽しかった。

そんな時間はすぐに過ぎてしまうもので……

「カルス様、そろそろ……」

「え？　ああ、もうこんな時間だったんだ」

気づけば日が傾いて夕方になっていた。この時間になるとさすがに外を歩く人も減ってくる。

「えーと、家の候補はシリウス兄さんが見つけてくれてるんだよね？」

「はい。今日はひとまずそちらに泊まり、気に入らなければ他の候補を明日見に行ってほしいとのことです」

「分かった。じゃあさっそく向かおっか」

地図を頼りに僕達は王都を歩く。

お目当ての家は王都南東部の居住区にあるみたいだ。この場所は学園に近いから通学も楽そうだ。

「えーっと、地図に書いてある家は……これかな」

見つけたのは小綺麗《こぎれい》な一軒家だった。二人で住むには少し大きいかもしれないけど、誰かを招くこともあるかもしれないし、これくらいが丁度いいかもね。

さっそく預かっていた鍵を使って中に入る。

「おじゃましまーす……」

中に入ると、広いリビングが僕を出迎えてくれた。私室として使える部屋は……四つだね、これだけあればお客さんが来ても柔軟に対応出来そうだ。

「いい感じのお家《うち》だね。学生の家にしては豪華過ぎるかもしれないけど」

「キッチンも広くて良いですね。腕が鳴ります」

家の隅から隅まで見て回ったけど、不満なところは一つもなかった。この家で決めてしまってもいいかもしれないね。

「とはいえシリウス兄さんが見繕ってくれたんだから他の家も見に行こっか」

「かしこまりました。ではそのように予定を組ませていただきます。今日はこの家に泊まっていいと言われておりますので、カルス様はもうお休みいただいて大丈夫ですよ」

「うん。わかった」

細かいスケジュールはシズクに任せ、僕は自分の部屋を決めてそこのベッドに横になる。

ふわふわで寝心地がいい、屋敷のベッドによく似ているから違和感もない。これなら気持ちよく眠れそうだ。

「きっとシリウス兄さんが気を利かせてくれたんだろうなあ……」

ひとり立ちするんだと王都には来たけど、結局僕は色んな人の力を借りてしまっている。

いつかちゃんと恩返ししないと、と考えているとうとうとしてきてしまう。

「ふあ……ねむい……」

移動続きで疲れが溜《た》まっていたみたいだ。

でも明日の準備もしないと……などと考えながら、僕は夢の世界へ旅立ってしまうのだった。

◇　◇　◇

次の日もシリウス兄さんが見つけてくれた家を三軒見て回ったけど、結局最初の家がいいとなったのでそこに住むことに決めた。

それでもまだ時間があったので僕達は分かれて細かい物を買いに街に繰り出した。

シズクは調味料系を揃《そろ》えたいと言っていた。王都なら色んな物が売っているだろうしご飯も期待大だ。

ちなみに僕が探しているのは『本』だ。

屋敷にも本はたくさんあったけど、やっぱり古いものが多い。王都には最新の本も並んでいるのでついついあれもこれも買ってしまいそうになる。

昨日は冒険小説を買ったから、今日は勉強になる本を買おうかな。魔法のこととか、歴史のこととか書かれているのが読みたい。僕は意気揚々と本屋に入った。でも、

「う、高い」

僕が欲しいと思うような分厚い本はどれも高かった。銅貨一枚や二枚じゃとても買えない物ばかりだ。

父上や兄上たちにねだればたくさん貰えるとは思うけど、それじゃ駄目だと思ってお小遣いは常識的な額にとどめてある。自立したいと言った手前、甘えすぎるわけにはいかないからね。

これは金銭感覚を身につける特訓でもあるんだ。なにせ今までのぼくは自分で物を買ったことがなかったからね。

「ううん……あれとこれは買って、錬金の本は諦めるかなあ。いや、でもあれは買っておきたいし……」

うんうん悩みながら街の中を歩く。

あ、そうだ。昨日見かけたけど近くに古本屋があったはず。そこなら欲しい本が安く手に入るかもしれない。

「よし、早速行ってみよう！」

目的地に向けて早足で歩く。

するとその途中で嫌なものを見つけてしまう。

「ねえ君、今ヒマ？」

「一人なら俺たちと遊ぼうよ。いい店知ってんだ」

大柄の男性二人が、一人の女の子に絡んでいた。

後ろ姿しか見えないけど女の子は嫌がっていそうだ。他の人たちは見てみぬふりをしてるけど……放っておけない。

シリウス兄さんにも「困っている女性を見捨てる男はクソだ」って教わってる。僕もそう思う、見過ごすことはできない。

「ちょっと。その人困ってるじゃないですか」

「ああ？　なんだお前は？」

男の人が睨《にら》んでくるけど……怖くない。

ガチ稽古中のダミアン兄さんの怖さと比べたらなんてことはない。

男の人からちらと目を離して女の子を確認する。するとちょうどその子も振り返って僕のことを見た。するとその子は驚いたような表情をして、大きな声を出す。

「……誰かと思えばカルスじゃない！　大きくなったから一瞬誰だか分からなかったわ」

燃えるような赤い髪と、強気な目。そして自信満々な佇《たたず》まい。僕はその子に見覚えがあった。

「もしかして……クリス？」

「正解♪　久しぶりねっ」

剣聖の娘、クリス・ラミアレッド。五年前に屋敷に来て、仲良くなった女の子だ。

最後に分かれて以来会ってないから、五年ぶりの再会になる。

久しぶりに会ったクリスはとっても綺麗《きれい》になっていた。身長は伸び、胸も大きくなっている。

昔の面影も残っているけど、なんだか凄い大人びて見える。まさか五年でこんなに変わっているなんて……！

「おい、ボケっとしてんじゃゃ……」

無視されたのが癪《しゃく》に障ったのか、男の一人が手を伸ばしてくる。僕はそれを反射的につかみ、地面に投げ飛ばす。

「かひゅ⁉」

ダミアン兄さん直伝の投げ技をくらった男は、地面に体を打って意識を失う。威力は抑えたから数分もすれば回復すると思う……たぶん。

「お前なにしやがる！」

相棒をやられ、もう一人の男がかかってくる。

僕は応戦しようと構えるけど、クリスが僕の前に入り込んで男の前に立ち塞がった。

「あんたこそせっかくの再会に水を差してんじゃないわよ！」

クリスは目にも留まらぬへ速さの回し蹴りを放った。

その鋭い蹴りは男の腹に命中し、スパァン！　と物凄い音が鳴る。まともに食らった男は吹き飛び、近くの壁にぶつかってその場に倒れる。

うわー……あれは痛そうだ。

「ふう、思わぬ邪魔が入ったわね」

「お疲れクリス、会えて嬉《うれ》しいよ」

そう言って僕とクリスは握手する。

ひひ、と笑う彼女は大人びているけど昔の面影を残している。

見た目は変わったけど、中身はあの時のクリスのままみたいだね。

「ところでなんでクリスは王都にいるの？　旅の途中で立ち寄ったとか？」

「なんで……って。あんたが手紙に『魔法学園に入る』って書いてたからに決まってるじゃない」

「あ、そういえば書いていたね。じゃあわざわざ会いに来てくれたの？」

「違うわ。私もあんたと同じで魔法学園に『入学』するために来たのよ」

「え⁉　クリスが魔法学園に⁉」

想像もしてなかった言葉に驚く。

だってクリスは剣聖であるお父さんと一緒に旅をしているはずだ。魔法学園なんて興味ないと思っていた。

「なんでそうなったの？」

「いいわ、話してあげる。だけどその前に……場所変えない？」

「……そうだね」

今僕たちの周りには倒れている男が二人。明らかに目立っている。

そそくさとその場を離れた僕たちは近くの公園へと足を運んだ。


場所を移した僕は、成長したクリスを改めてまじまじと見る。

時の流れって凄い、あのお転婆少女と同じ人だとは思えないよ。

「いやあ本当にクリスは綺麗になったね。びっくりしたよ」

「へ、へ⁉　なによ急に！　お、おだてたってなんも出ないわよ⁉」

「いやおだててるわけじゃないって。本当に綺麗でかわいくなったよ。大人っぽくもなったしこれじゃあ声かけられるのも当然だね」

「ちょ、分かった！　分かったからもうやめて！　顔近いっ！」

クリスは顔を真っ赤にしながら離れてしまう。

ううむ、なにかまずいことをやっちゃったかな？　ちゃんと兄さんに学んだ通りにやったつもりなんだけど。

「そういうあんたこそ随分鍛えたみたいじゃない。さっきの投げ、腰が入っていてなかなか良かったわよ」

「ありがとう。クリスに褒められると自信つくよ」

五年前の時点でクリスはかなり強かった。成長した今のクリスはその時よりももっと強くなっているはずだ。

そんな彼女に褒められるのは嬉しい。

「それに背も伸びたし……その、前よりかっこ……よくなった……と思う……」

「え？　今なんて言った？」

後半が小声でごにょごにょ言ってたので聞き取れなかった。

聞き返すとクリスは顔を赤くして「う、うるさい！」と怒鳴ってくる。なんで怒ってるのか分からないけど、これ以上聞き返すのはやめておこう……。

「そうだ。クリスはジークさんと一緒に旅をしていたんでしょ？　なんで魔法学園に入学するの？」

剣の修行なら旅をしていた方がいいと思えた。魔法学園でも戦闘系の魔法は学べるけど、ジークさんという剣の達人がいるんだから、旅についていった方がいいように思えた。

そんな僕の質問に、クリスはきょとんとした顔で答える。

「そんなのあんたが入学するからに決まってるじゃない」

さも当然のように、クリスは言う。

その返事を予想してなかった僕は呆気《あっけ》に取られる。

「へ？　僕が入学するから？」

「そうよ。だって私はカルスの『騎士』でしょ？　だったらあんたを守るために一緒に学園に入るのも当然でしょ？」

確かにクリスは昔、僕の騎士になると言った。

あの時のことは今でも覚えているけど、まさかクリスがそのことを覚えていて、更にそのために旅をやめるなんて思ってもなかった。

「でもクリスはジークさんみたいな剣士になりたかったんじゃないの？」

「ええ、その夢はまだ変わらないわ。でも旅をやめても強くはなれる。私は魔法学園《ここ》でもっと強くなってパパみたいな剣士になってみせる。そしてその上でカルスも守る。それが私の決めた『騎士道』よ」

クリスは堂々と言い放つ。

一時の勢いで来たわけじゃなくて、ちゃんとクリスなりに考えて王都に来たんだ。じゃあこれ以上僕がとやかく言うのは失礼だね。

「昔の私はカルスに守られちゃったけど……今は違う。私はあの時よりもずっと強くなったわ。だから安心しなさい、どんな奴がかかってきても私が倒しちゃうから」

そう自信満々に言ってクリスは笑う。

魔法学園という誰も知り合いがいない所に行くことに緊張していたけど、クリスがいると思うと気が楽になる。

「……ありがとうクリス。本当に嬉しいよ、頼りにしてる」

そうお礼を言うと、クリスは昔会った時のようにニッと無邪気に笑みを浮かべるのだった。


その後も僕達は公園で色んなことを話した。

クリスはお父さんであるジークさんと別れて、一人で宿を取って暮らしているらしい。それで学園が始まったら敷地内の寮に住むみたいだ。

寮生活っていうのも憧れるなあ。友達と一つ屋根の下、そんなの絶対に楽しいに決まっている。

そんな他愛もない話をしていると、いつの間にか夕方になってしまった。楽しい時間はあっという間だ。

「もうこんな時間か。あ、そうだクリス、この後用事がなければ僕の家でご飯食べてかない？」

「え？　い。いいの？」

「もちろん！」

クリスは「お、お泊まりになるのかしら……」と小声で呟《つぶや》き顔を赤らめながらも家に来てくれた。緊張してる様子だけどどうしたんだろう？

「ただいまー」

「し、失礼するわ」

家に帰宅するといい匂いがしてきた。シズクが腕によりをかけて料理をしてくれているみたいだ。

「おかえりなさいませ、カルスさ、ま……？」

玄関まで迎えに来てくれたシズクは、クリスの顔を見て硬直する。クリスもなぜかシズクの顔を見て固まっている。二人とも知り合いのはずだよね？　どうしたんだろ。

「カルス？　この人ってあなたのメイドさんよね？　もしかして一緒に住んでるの……？」

「あれ、言ってなかったっけ？」

どうやらうっかり伝え忘れてたみたいだ。

「へえ……ふうん……」

クリスはなぜかシズクのことを力強く見つめながらぶつぶつと呟く。

シズクもそれを静かに受け止め、二人の間に視線がバチバチとぶつかり合う。いったいどうしたんだ……!?

「まさかメイドさんがついてきているとは思わなかったわ」

「私の方こそあの時の少女がこんな所までついてくるとは思いませんでしたよ……！」

結局二人はご飯を食べながらも牽制《けんせい》し合っていた。

ううむ、謎だ。二人に敵対する理由はないはずなのに。

「……決めた」

ご飯を食べ終えて、ゆっくりしているとクリスが突然そう切り出す。いったいなにを決めたんだろう。

「カルス。私もここに住むわ！　部屋も余ってるしいいでしょ？」

「え、なんでそうな……」

「いけません！」

僕が言葉を言い終える前に、シズクが机をバン！　と叩《たた》きながら割り込んでくる。て、展開についていけない！

「貴女《あなた》は寮に暮らすおつもりなのでしょう？　急に変えたら学園側も迷惑しますよ？」

「あら？　どうしたのかしら必死になっちゃって。そんなに私が側《そば》にいたら怖い？」

「……ほう。いい度胸ですね。いいでしょう、貴女を恋敵《ライバル》と認めてあげましょう」

なんだ？　二人はいったいなんの話をしているんだ？

怖い。なんの話をしているか分からないけど気温が下がったような気がしてくる。

結局クリスが同居するという話は『ひとまず』お流れになった。でもクリスは諦めてはいないみたいだ。

友達が同居するのは楽しそうだけど、毎日あのバチバチの睨み合いを見るのも心臓に悪い。なんとか仲良くなってくれるといいけど……

◇◇◇

王都に来てから四日後、僕はクリスと一緒に王都東部にある魔法学園を訪れていた。

「うわあ、凄い数の人。この人たち全員受験生なんだね」

魔法学園の敷地内には溢れんばかりの人がいた。みんな僕と同年代、つまり受験生だ。

僕やクリスは推薦を受けているので簡単な面接をするだけみたいだけど、一般の人はいくつかの試験を受けないと魔法学園には入れないらしい。

「といっても魔法学園は大きいからほとんどの人は入れるらしいわ。入学すら出来ないのはごく一部、試験はほとんど『クラス分け』の意味合いが強いみたいよ」

「へえ。そうなんだ」

魔法学園はA～Eクラスにクラス分けされていて、Aクラスに一番優秀な生徒が集まるらしい。推薦組は悪くてB、ほとんどの人がAクラスに割り振られるらしい。

「それとは別枠に『上流クラス』もあるけど……ま、こっちは私たちには関係ないわね」

「上流クラス？」

聞き慣れない単語に僕は聞き返す。

「ええ。貴族や金持ちみたいないわゆる『上流階級』の家庭の子供が入るクラスよ。多額の入学金を払う代わりに試験は免除。授業に出なくても勝手に進級出来るらしいわ」

「……それって学園に来る意味あるの？」

僕には無駄にお金を払っているようにしか見えない。

いったいなんでそんな面倒くさいことをしてるんだろう。

「パパの話だと、そいつらは魔法学園を卒業したっていう『学歴』が欲しいみたいよ。今の上流階級の社会では魔法学園を出てないと、最低限の学もないのだと馬鹿にされるらしいわ。勉強しなくても卒業できるのにバッカみたい」

クリスは呆《あき》れたように言う。

貴族の人たちは何よりも自分がどう見られているかを気にするって聞いたことがある。普通に入学させて、成績が振るわず下のクラスに落ちてしまうのが嫌ってことか。

だからお金を払ってでも最初から卒業が確定している『上流クラス』に入りたがるんだ。

正直印象は良くないけど、学園の運営がその人たちのお金で賄われている部分もあると思うからあんまり悪くは言えない。

僕たちは僕たちで真面目にやればいいだけだ。関わることもないだろうしね。

「あ、私たちはあっちみたいよ、行きましょ」

「うん」

クリスに手を引かれ、人混みの中を進む。

見た目こそ変わったけど、クリスは昔のままだ。どんな時でもぐんぐん前に進む強さがある。

そんな彼女が味方なのはとっても心強い。

「ここ、みたいね」

『推薦組』という立て札が立っている所に並ぶ。他の受験生たちの列と比べると明らかに並んでいる人は少ない。推薦というのは簡単には受けられないみたいだ。

「クリスはジークさんに推薦されたの？」

「ええそうよ。パ……お父さんは色んな所に顔が利くからね。カルスはゴーリィさんに紹介されたの？」

「ま、まあそんなところかな」

さすがにこの国の王様に推薦されたとは言えない。まだクリスに僕が王族だということは伝えてないからね。

そういえばエミリアとかいう人、いないなあ。魔法学園の関係者だからちょっかいをかけてくるかと思っていたんだけど。

正直会いたくなかったからホッとしている。このまま二度と目の前に現れないといいのだけれど。

「どうしたんだ？　なんか探してるのか？」

辺りをきょろきょろ見ていると、僕の後ろに並んだ生徒が話しかけてくる。

その人は人当たりの良さそうな短髪の男子だった。この列に並んだってことはこの人も推薦組なのかな？

「実は王都に来たのはついこの前で。色々珍しいんだ」

「そうか。じゃあお前も俺と同じで田舎の村出身なんだな」

「まあそんなところ……かな？」

僕のいた屋敷は周りに誰も住んでいない辺鄙《へんぴ》な土地だったから田舎というのも嘘《うそ》ではない……はずだ。彼の想像している田舎とは少し違うと思うけど。

「あ、遅れたな。俺は推薦組のジャック・ロッソだ。よろしくな」

「僕はカルス・レイド。よろしくね」

手を差し出してきたジャックと握手する。

ちなみにレイドっていうのは偽名だ。王族である僕が本当の苗字を言うわけにはいかないからね。

「ここに並んでるっていうことはジャックも推薦組なの？」

「まあな。つっても推薦してくれたのは師匠じゃなくて俺の村にたまたま立ち寄った魔法使いだけどな。魔法を見せたら才能があるってことで推薦してくれることになったんだ。いやあラッキーだったぜ」

「へえ、そうなんだ」

たまたま出会った魔法使いに推薦してもらえるなんてそれだけ素質があるんだろうなあ。どんな魔法を使えるのか、楽しみだ。

「無事Aクラスに入れるといいんだけどな。Aクラスに入れれば就職に有利だし、なにより学費が無料。家が貧乏な俺にこれ以上助かる特典はねえってもんだ」

ジャックはそう語る。

そっか……学費か。当然だけど学費を支払うのが困難な人もいるよね。

僕の場合、父上が国王だから魔法学園の学費を気にすることはないと思うけど、独り立ちしたいと言ったからにはなるべく負担はかけたくない。なんとしてもAクラスに入らないとね。

そんなことを考えていると列が動き出す。

「お、どうやら始まるみたいだな。行こうぜ」

クリスとジャックと共に、建物の中に入っていく。面接は三人ずつやるみたいで、僕たち三人は一緒に部屋の中に入る。

そこには五人の試験官と思《おぼ》しき人たちがいた。その中に一人見知った顔があり、僕は会釈する。

するとその人、マクベル・ルノアットさんは「今はやめろ」と身振り手振りで伝えてくる。

「なにカルス、あの人知り合いなの？」

「うん、あの人は師匠の弟子。僕にとって兄弟子みたいな存在なんだ」

五年前、師匠が魔術協会を抜けるきっかけとなった会長からの伝言を持ってきたのが、マクベルさんだ。

あの後、師匠は僕のせいで協会を抜けた。そのことでマクベルさんからよく思われていなかった時期もあったけど、今では和解している。

三年前から学園の講師になっていたのは知っていたけど、まさか今日の試験官を務めることになっていたなんて。

「えー、君たち推薦組の実力は認められている、よって通常の試験はない。だがこの学園で何を為したいかを教えてほしい。それと本人確認の意味で簡単な魔法の実力を見せてほしい。それによって合否が決まることはないから安心してくれ」

五人の試験官の中でも、もっとも年長に見える人がそう言う。

順番はジャックから始まり、僕が最後みたいだ。

「ではジャックくん。君からお願いするよ」

「は、はい！」

緊張しているのかジャックの声は上ずっている。普段は調子がいいけど、本番には弱いタイプみたいだ。

「えーと、俺……じゃなくて私は、一流の魔法使いになって、王国の魔法省に入るために来ました！」

魔法省とは王国の魔法全般を担当する組織だ。王国直属の組織で、業務は大変だけど給料が良いらしい。その分倍率も高いけど学園を優秀な成績で卒業したら十分狙える範囲内だ。

「そうか、魔法省か。いい目標だね。じゃあ次に魔法を見せてくれないか。この推薦書にあるものが見たいな」

「は、はい！　あれですね！」

ジャックは両手を前に出すと、魔力を練り始める。

そんなに量は多くないけど、練り方が丁寧だ。たくさん練習したんだろうね。

「ではいきます。土動け《ズズ・ロ》！」

ジャックが呪文を唱えると手から土の塊が現れて宙に浮く。

へえ、土魔法か。土魔法は農業が盛んな地域の人がよく使う魔法だ。土を耕したり、土を栄養豊富にしたりと農業に役立つ魔法が多い。

そんなことを考えているとジャックは驚きの行動に出る。

「からのぉ……木よ生えろ《モル・ロ》！」

なんと今度は浮いた土の塊から木が生えたじゃないか。

どうやらジャックは二つの属性が使える魔法使いみたいだ。これは珍しい、驚いたよ。

普通精霊は一人の魔法使いに一人しか憑《つ》かない。二人以上憑くのは稀《まれ》だ。二人以上憑こうとすると魔力を巡って喧嘩《けんか》を始め、どちらかが去ってしまうらしい。

興味津々に見ていると、ジャックは更に僕を驚かせてみせた。

「更に、からの……水よ湧け《オル・ロ》！」

なんと今度は手から水を出して、木にかけてみせた。

……まさか三つの属性を使えるなんて。これなら推薦組に選ばれるのも納得だ。

試験官さんたちも「ほお……」と驚いている。

僕はそんな試験官さんたちの目を盗み、小声で相棒に話しかける。

「ねえ、セレナ。目を借りたいんだけどいい？」

「ええいいわよ。ただし後でおいしい王都のスイーツを供えること！　わかった？」

「わかったよ。全くセレナは甘いものが好きだなあ」

僕の相棒、光の精霊セレナは今も僕の隣にいてくれている。

呪いが収まった時は見えなくなるんじゃないかと不安になったけど、そんなことはなかった。

それはつまり呪いが完全に消えてない証明にもなっちゃうんだけど、せっかく出来た相棒が見えなくなるのも寂しいし今は気にしてない。

「それじゃ行くわよ、えい」

セレナはかわいくそう言うと、親指と人差し指で輪っかを作って、それを僕の右目に眼鏡《めがね》のように被せる。

すると僕の視界にセレナ以外の精霊の姿も映るようになる。

これが僕が五年間の間に生み出した新たな技、その名も『精霊の指眼鏡《シルフリング》』。今まで僕は自分に憑いているセレナしか見ることは出来なかったけど、これを発動している間は他の精霊も見ることが出来るようになる。

三つの属性を使えるジャックの周りには、三体の精霊がいた。

土と木は近い属性だから、どっちも使える精霊がいたりするんだけど、ちゃんと三属性とも別の精霊から力を借りてるみたいだ。凄いね。

ジャックの肩には小さなモグラがぐでっと横になっている。その周辺を魚の精霊がふよふよと浮遊していて、頭には緑色の鳥が鎮座している。

三人の精霊は喧嘩する様子なんて全くない。それどころかたまに会話していてとても仲が良さそうだ。こんな風に共生することもあるんだ。

「――――ふむ、それで結構。見事な魔法をありがとうジャックくん。君がこの魔法学園で活躍できるのを祈ってるよ」

「あ、はい！　ありがとうございます！」

無事自分の番が終わったジャックはほっと胸をなで下ろしている。

さて、次はクリスか。いったいどんな面接になるんだろう。

「ではクリスさん。君が学園に来た理由を教えてくれるかな？」

「はい。私は魔法を更に鍛え、騎士として更に強くなるためここに来ました」

おっかなびっくり答えてたジャックとは対照的に、クリスは堂々と受け答えしていた。さすがだ。

クリスは「それと……」と前置くと、言葉を付け加える。

「大切な約束を果たすために魔法学園に来ました」

そう言うと、僕の方をチラッと見る。

なんのことか分からない試験官さんたちは首を傾げている。少し恥ずかしい……

「ええと、じゃあ次はなにか魔法を見せてもらえるかな？」

「はい、分かりました」

そう言ってクリスは腰に下げていた剣を抜き放つ。その所作は洗練されていて、とっても格好良い。

「いきます」

クリスは剣の刀身に左手の指を添える。そして魔力を指先に集中させる。

「炎の武器《フ・アルム》」

瞬間、部屋を凄い熱気が包み込む。まるで真夏日になったようなその暑さに汗が噴き出る。

炎の魔力が込められたクリスの剣は赤熱している。あれで斬られたらひとたまりもないだろうね。

五年前は魔法が全然使えなかったのにここまで成長しているなんて。クリスの努力は見習わないとね。

「ほう……たいした魔力ですね。その力、もう少し見せていただいても？」

「ええ、もちろん」

クリスが自信満々にそう答えると、大きな岩が部屋の中に運び込まれてくる。

大きさはクリスの背丈くらい。ゴツゴツしててとても硬そうだ。

「これは一般試験にも使用される岩です。鉄分を多く含む特殊な岩で、とても硬い。これを攻撃していただいてもよろしいですか？」

「そんな簡単なことでよければ」

クリスは大岩の前に立ち、剣を上段に構える。

その立ち姿を見ると、昔彼女に剣を教わった時を思い出す。懐かしい。

「その岩を少しでも傷つけることが出来ればＡクラス相当の力があると認められます。期待してますよ」

「傷……ですか」

にやりと笑ったクリスは、目にも留まらない速さで剣を振り下ろす。

それと同時に部屋に巻き起こる熱風。思わず目を閉じてしまう。

風が収まり、目を開けるとそこには……綺麗に真ん中から両断された大岩があった。

クリスはチン、と剣を収めると試験官さんに向き直る。

「これでよろしいでしょうか？」

「え、ええ……問題ありません。お見事でした」

ぽかんと大きな口を空けて驚く試験官さんたち。見ればジャックも同じように呆然《ぼうぜん》としている。

クリスは僕の方を見て得意げに笑みを浮かべ、小さくピースしてくる。さすがだよ、と僕は頷《うなず》いてそれに応える。

「ええと、では最後に……カルス君。君の学園に入る理由を教えてくれるか？」

「はい。僕は色んな魔法を学びたいです」

「なるほど、いい目標ですね。では次になにか魔法を見せてもらえるかな？」

「分かりました」

うーん、何にしよう。

まずは僕が光魔法を使えるってとこを見てもらえばいいかな？

「光在れ《ライ・ロ》」

中くらい大きさの光の玉が現れて周囲を照らす。

それを見た試験官のさんたちは「おお……っ！」「素晴らしい……」「なんと神々しい光なんだ！」と大きい反応を見せる。光魔法は珍しい魔法だから初めて見たのかな？

思っていたよりも好反応でホッとしていると、試験官の一人が険しい顔をして口を挟んでくる。

「た、確かに光魔法はとても珍しいものではあります。しかし光の玉一つ見せられたくらいではねえ……」

試験官の一人が難癖をつけてくる。

この人、さっき魔法見た時驚いた顔してたと思うんだけどなあ。

「少し前に協会を追われた賢者、彼も確か光魔法の使い手でしたよね？　いくら珍しいからと言って無条件でAクラスにするのは如何《いかが》なものかと思いますよ私は」

……カッチーンと来てしまった。

光魔法だけじゃなく師匠のことまで悪く言うなんて。僕のことならいくら馬鹿にしても構わないけど、恩人である師匠のことを悪く言うのは許せない。

「……」

僕と同じく師匠の弟子であるマクベルさんも怒っているみたいで不機嫌な顔をしている。マクベルさんは僕と目を合わせると（おい！　やってしまえ！）と合図してきた。

……よし、兄弟子の許可も頂いたことだしやってしまおう。

「これだけじゃ不満の方もいるようなので、もう一つ披露させていただきたいと思います」

「む、そうか。すまないね」

真ん中に座る試験官さんは、無礼な試験官のぶんまで謝ってくれる。

「では、やらせていただきます」

ふう、と息を吐き集中。

普段はキツく締めている魔力の栓をゆっくりと開く。すると体の奥底に閉じ込めていた魔力がゆっくりと体外に漏れ出してくる。

まだだ、もっと貯めろ。もっと……もっと。

「……よし。これくらいかな」

限界まで貯めたその魔力を、僕は一気に体から放出する。

目標はケチをつけてきた試験官。くらえ！

「はっ！」

一瞬で部屋中に魔力が充満する。

すると部屋の壁や床にピシピシッ！　と亀裂が入り、試験官さんたちは椅子から転げ落ちる。

莫大《ばくだい》な魔力は魔法に変換しなくても人や物に影響を与える。魔力に敏感な魔法使いであれば急に水をかけられたような衝撃を受けるだろう。

直撃を受けた試験官はもちろん、他の試験官さんたちも驚き目を丸くする。

「なんと濃密な魔力。こ、こんな生徒、初めてだ……！」

「しかしこれは魔法ではないのでは？」

「それより壁をどうするんだ！」

慌てふためく試験官さんたち。

そんな彼らに僕はある魔法を見せる。

「光の治癒《ラ・ヒール》」

そう魔法を唱えると手から光の粒子が放たれて、ヒビの入った所に染み込んでいく。

するとヒビが閉じて壁と床がみるみるうちに治っていく。その様子を見た試験官の人達は「おお……」とどよめく。

「いやはや、話には聞いていましたが物の修復までできるとは。やはり光魔法は凄い……！」

水魔法や木魔法にも回復魔法はある。しかし命のない『物体』まで治すことができるのは光魔法だけだ。その効果は唯一無二、代わるものはない特別な力だ。

治すには対象の構造を理解していないと効果は薄いけど、人体に比べたら壁を治すなんて簡単な作業だ。

光魔法を馬鹿にした試験官もこれを見て「ぐにに……」とそれ以上の悪態はつけなくなっていた。

ふふん、いい気味だ。

「素晴らしいよカルス君。君の力は本物だ。光魔法の使い手が二人も我が校に来てくれるとは前代未聞だ。その力存分に我が校で磨き上げてくれたまえ」

「え、あ、はい！」

二人……？

その言葉に気を取られながらも、僕は面接部屋を後にする。

誰のことだろう？　後で聞いてみなくちゃ。

◇　◇　◇

「カルスお前やり過ぎだぞ！」

面接が終わってすぐ建物から出た僕は、追いかけてきた兄弟子のマクベルさんにそう怒鳴られた。

推薦組の面接は一旦終わって休憩中らしい。まあ一人気絶させちゃったしそうなるか。

「でもマクベルさんもやれって感じ出してましたよね？」

「誰があそこまでせいと言った。……はあ、まあでも私の溜飲《りゅういん》も下がりはした。あの野郎何も知らないのにゴーリィ様を馬鹿にしたからな。ざまあみろってんだ」

たとえ協会から追放されても、マクベルさんは師匠を慕っていて今でもたまに会いに行っている。師匠に対する想いは強いんだ。

「ぷふーっ！　見た？　あの泡吹いた顔！　ほんとケッサクだったわ！」

クリスはかなりツボに入ったみたいでずっと笑いっぱなしだった。ああもう他の人も見てるし恥ずかしいなあ。

「でもどうしよう。もしあれで怒らせちゃって入学取り消しみたいになっちゃったら」

「安心しろ。そんなことは私がさせない。それに他の試験官たちには好印象だったはずだし大丈夫だろう。光の治癒《ラ・ヒール》のおかげだな」

マクベルさんがそう言うなら大丈夫なのかな。

あ、そうだ。あのことも聞いておこう。

「そういえばこの学園にもう一人光魔法の使い手がいるって言ってませんでしたか？　あれってどういうことでしょうか」

「ああ、聖女様のことか。去年学園に入ったんだよ、光魔法を使うことが出来る、さる国の聖女様がな。あの人は人徳があるし、魔法の腕も教師顔負けだ。何かと話題に上るからあの試験官はそれが気に食わなかったんだろうな」

「それで光魔法にまで良くない印象を持っていたんですね。でもそれって逆恨みじゃ……」

何も悪いことをしてないのに恨まれるなんて理不尽だ。

生徒ならまだしも、それを教師がしているなんて。

「情けない話だが教師にもろくでもない奴はいる。だがほとんどの先生はまともだから安心してくれ。もしまた難癖つけられたら私がなんとかするからすぐ言うんだぞ」

「はい、分かりました」

兄弟子の頼もしい言葉に、僕は頷く。

それにしても光魔法を使える聖女様かあ。会ってみたいな。

また一つ楽しみが出来た。


「えーと、もうやることってないよね？　どうしよっか」

確か面接の結果が出るのは明日。今日はもうやることはないはずだ。

「ひとまず学園を出ましょ。その後のことはそれからでもいいんじゃない？」

「そうだね」

クリスの言葉に賛同し、一緒に歩く。

どこか寄り道しながら帰ろうかな、と思っていると一人の人物が僕の前に立ち塞がる。

「君は……」

僕の前に現れたのは、一緒に面接を受けたジャックだった。彼は神妙な顔をしながら僕のことを睨みつけている。

「あの、なにか……」

もしかしてさっきのことでなにか怒らせちゃったのかな？

「おいお前！」

急にガシッと肩をつかまれる。

そして真剣な目で僕を見ながら、ジャックは言う。

「お前……すっげえな！」

「……へ？」

怒られるのかと思ったら褒められた。

その後もジャックは口早に話す。

「いやー俺も一目見た時からカルスはただものじゃないと思ってたんだよなあ。それにあのいけすかねえ試験官をぎゃふんと言わせる度胸、最高だったぜ！」

「ど、どうも」

テンション高く絡んでくるジャック。

どうやら意図せず気に入られてしまったみたいだ。

「俺もカルスも、そしてそこにいる赤髪の奴も、今日の面接を見る限りみんなAクラスに合格していると思う。つまり俺達はクラスメイトってわけだ。よろしく頼むぜカルス」

「まだ合格と決めつけるのは早いと思うけど……まあいっか。僕の方こそよろしく」

初めて出来たクラスメイト（仮）と握手する。

ジャックは少し騒がしいけどいい人に見える。仲良くなれるといいけど。

「それじゃあ俺たちの友情を祝ってパーっと飯でも食おうぜ！　王都の安くて旨《うま》い飯屋は調べてあ

るんだ！」

「いいね、僕まだ王都で外食してないんだ」

露店で買えるような物は食べたけど、お店に入っての食事は未体験だ。

ぜひともやってみたい。

「そうか。初めてだったら金《きん》の林檎亭《りんごてい》とか良さそうだな。あそこの肉料理は絶品だぜ」

ジャックは情報通らしくて色々な店を教えてくれた。王都出身のはずじゃないのにこんなに詳しいなんて中々やり手だ。

「ちょっとあんたら、なに二人で盛り上がってんのよ！　私もちゃんと連れていきなさいよ！」

ジャックと盛り上がっているとクリスが割り込んできて僕の肩に腕を回してくる。

結構ぐいぐい来るクリスはボディタッチも激しい。今もほのかにいい匂いがしてきてなんとも思春期である僕には苦しい状況だ。

「よっしゃじゃあ三人で行くか！　こりゃあ楽しくなりそうだぜ！」

お店を知っているジャックに導かれ、僕たちは『金の林檎亭』に行って美味しいご飯を食べながら楽しくおしゃべりした。

初めての友達との外食、それは楽しいもので僕はついつい時間も忘れて楽しんだ。

ご飯を食べた後もジャックおすすめのスポットを数カ所回っていたらすっかり辺りも暗くなってしまっていた。楽しい時間はあっという間に過ぎちゃうね。

「今日は楽しかったよ。じゃあまた学園で」

そう言って二人と別れ、家に帰ろうとした瞬間、僕はとんでもないことに気づいた。

「そういえば今日は早めに帰るって家を出る時にシズクに言ったような……」

サッと血の気が引く。滅多に怒らないシズクだけど怒らせたらめちゃくちゃ怖いんだ。

怒鳴るわけじゃないけど、静かにこんこんと怒られる。胃がきゅうっと縮むんだよなぁあれ。

「急いで帰らなきゃ……！」

魔法で肉体を強化させた僕は、暗くなった王都を爆走して帰るのだった。

◇　◇　◇

「ぷー」

家に帰った僕を待ち構えていたのは、頬を膨らませたシズクだった。

これは……完全に拗《す》ねている。こうなったシズクは中々手強いぞ……！

「ねえ、ごめんって。新しい友達が出来て浮かれちゃったんだ。謝るから機嫌を直してよ」

「別に怒ってませんよ私は。愛は冷めてしまったかもしれませんが」

「いや絶対怒ってるじゃん」

光の治癒《ラ・ヒール》でも機嫌までは直せない。これは困ったぞ……

こうなったら仕方がない。奥の手を使うしかないね。

「そうだシズク。実はいい物があるんだ」

「物で釣る気ですか？　私はそんなに安くは……ってそれは⁉」

僕が出して見せたのは、屋敷からこっそり持ってきていた上等な葡萄酒《ぶどうしゅ》だ。

実はシズクはお酒に目がない。自制しないとそれこそ無限に飲んでしまうから普段は抑えているけど、祝い事の時とかは涼しい顔をしながらかなりの量を飲んでいる。

数あるお酒の中でもシズクは赤い葡萄酒が特にお気に入りだ。ここのところ忙しくて飲めてないだろうし、喉から手が出るほど欲しいはずだ。

「ふ、ふふ。なめてもらっては困りますよカルス様。私はこんなことでは屈しません」

眉をピクピクと動かしながらもシズクは誘惑に打ち勝つ。かなり我慢しているみたいだけどこれに屈しないなんてシズクの覚悟は本物だ。

「な、なんでそこまで頑ななの？」

「このまま不機嫌でいればあと三日はカルス様に構っていただけると判断しました。その好機を逃す私ではありません」

すました顔でなんとも間の抜けた理由を言うシズク。

構ってほしいなら素直にそう言えばいいのに、不器用だなあシズクは。

まあでも彼女が何をしてほしいのかは分かった。望みを叶えて機嫌を直してもらおう。

「分かったよ。じゃあ庭でこれを一緒に飲もう。付き合うよ」

「……よろしいのですか？」

目を丸くしてシズクは驚く。確かに僕が飲むのは珍しい。

お酒が嫌いなわけじゃないんだけど、すぐに酔ってしまうので滅多に飲まないんだよね。そんな僕に遠慮してシズクは僕の側ではほとんど飲まない。

きっとこの誘いは嬉しいと思ってくれる……はず。

「やりましょう。今すぐ」

気づけば彼女はグラスを二つ持ち、おつまみを用意していた。

あまりにも準備が早すぎる。

でも良かった。すっかり機嫌を直してくれたみたいでね。

「せっかくだから外で飲まない？　風が気持ち良さそうだよ」

「それは素敵ですね、そういたしましょう」

僕たちの住む家には庭がある。

走り回れるほど広くはないけど、テーブルを置いて飲食をするには充分過ぎる広さだ。

「それじゃあ、乾杯」

早速外に移動した僕たちは、グラスをぶつけ合い葡萄酒を楽しむ。

うん、上物だけあってとても美味しいし飲みやすい。飲みすぎないように気をつけないとね。

ゆっくりと久しぶりのお酒を楽しんでいると、シズクのグラスが空になっていることに気がつく。

それなのに彼女は注がずにジッと空のグラスを眺めていた。

どうしたんだろう？

「ほらシズク、注いであげるからグラス出してよ」

「え、あ、はい。申し訳ございません」

しかしシズクは葡萄酒で満たされたそのグラスに口をつけず、ジッとまた眺め始めてしまった。なにかを懐かしむようなそんな表情で。

「どうしたの？　口に合わなかった？」

「あ、いえ！　滅相もありません、とても美味しいですよ」

「じゃあどうしたの？」

「その……なんでしょうか。改めてこんな日が来るなんて夢みたいだな、と思いまして」

シズクはグラスをテーブルの上に置き、話し始める。

「こうしてカルス様と二人で、しかもお屋敷の外でお酒を飲める日が来るなんて、五年前は思いもしませんでした」

「そうだね。師匠が来なかったら絶対に無理だった。屋敷を出ることなく屋敷で死んでいただろうね」

余命半年と宣告されたあの日、師匠と光魔法に出会って僕の運命は変わった。

外を自由に歩けて、学園に通うことも出来て、友達も出来た。本当に恵まれている。

昔の僕に今の状態を教えても「そんなのありえない」と一蹴されてしまうだろうね。それほどに今の状態は『奇跡』だ。

「ですから私は今、本当に幸せです。これからもずっとお側で支えさせてくださいね」

優しく微笑みながらそう言う彼女を見て、僕は心臓の辺りが跳ねるような気持ちを覚えた。

……？　なんだろう、この感じは。呪いが再発……したわけじゃなさそうだ。

「ばか。どんかん」

なぜかセレナに罵倒された。

僕が鈍感なんてあるわけないじゃないか、失礼な相棒だなあ。

それにしてもさっきのはなんだったんだろう。シズクの顔もなんだか直視出来ないし変な感じだ。

「どうかしましたか、カルス様？」

「い、いや！　なんでもないよ大丈夫！　そ、それより星でも見ようよ！　綺麗ダナー」

慌てて空に視線を移してごまかす。

王都の星空は屋敷から見える空ほどではないけど、綺麗だった。

あんなに小さく見える星だけど、最近の研究ではその一つ一つがとても巨大であると分かったらしい。星の研究も楽しそうだなあ、学園で学べるといいんだけど。

「綺麗な星空ですね。しかし王都でも相変わらず星空は欠けてるんですね」

「そうみたいだね。もったいないよ」

この世界の星空は欠けている。

具体的には空の一部分だけ、丸く切り取られたように星が見えなくなる箇所がある。まるで黒いなにかが星の手前に浮かんでるみたいだ。

「『星欠《ほしかけ》』の謎は現代でも解明されてないらしいよ。僕が生きている間に解き明かされたらいいなあ」

そんな空と星の話を肴《さかな》にして、僕たちは夜を存分に楽しむのだった。

◇　◇　◇

翌日。

少し痛む頭をさすりながら僕は目覚める。

気をつけてたけど、少し飲み過ぎちゃったみたいだ。今日は面接の結果が発表されるのに。

「光の治癒《ラ・ヒール》」

頭に手をかざして、魔法を発動する。

すると一瞬で頭がシャッキリする。ふう、これで良し。

「良し、じゃない。光魔法を二日酔い治しに使うなんて罰当たりな子ね」

「あ、おはようセレナ」

セレナのお小言を華麗に受け流しながら、自室を出る。するとキッチンの方からいい匂いがしてくる。

「おはようございます、カルス様。もうすぐ朝食が出来ますので珈琲《コーヒー》を飲みながらお待ちください」

「うん、ありがと」

外のポストから新聞『王都タイムズ』を持ってきて椅子に座る。

これを読みながら珈琲に口をつける。これが王都に越してきてからの僕の朝の慣習《ルーティン》だ。

王都新聞には王都で起きたこと、周辺の魔獣情報、他の国の情勢など色々なことが書かれている。

どれも僕には刺激的な情報だ。

「あ、今日魔法学園の合格発表だって大きく載ってる」

どうやら魔法学園の出来事は、王都市民の注目の的みたいだね。まあ学園は王都の東部をほぼ埋め尽くすくらい大きい、みんな気になって当然か。

「……なんだか少しドキドキしてきた。ちゃんとAクラスに入れているかな？」

もし駄目でBクラスに入ったとしても、成績優秀なら上のクラスに移動できるチャンスはあるらしい。

でもクリスとジャックと別のクラスになるのも嫌だし、ちゃんとみんなでAクラスに行きたいな。

そんなことを考えながら朝食を済ませ、学園に行く準備を済ませる。すると、

「カルスー！　来たわよー！」

そう声がしたかと思うと、勢いよく扉が開く。そういえば新聞を取りに行って鍵をかけ忘れてた。

「お、ちゃんと起きてるわね。感心感心っ」

そう言って家の中に入ってきたのはクリスだった。朝から元気いっぱいだね。

「おはようクリス、どうしたの？」

「そんなの一緒に学園に行くために迎えに来たに決まってるじゃない。当然でしょ？」

学園で会えればいいやくらいに思ってたけど、クリスはそれじゃ嫌だったみたいだ。

急いで準備をしていると、シズクがやって来てクリスと視線を交わす。

もしかしてまた……

「あら、いらしていたのですかクリス様。朝からお元気ですね」

「ええおかげさまで。カルスは私が責任持って学園まで送るから安心してくださいね♪」

二人はそう言って火花を散らしながら視線をぶつけ合う。

相変わらずバチバチだ……怖い……。

「ではカルス様、出発の前にいつものあれをいたしましょう」

「あれ？」

シズクの言葉に僕は首を傾げる。特別やっていることなんてないはずだけど。

困惑しているとシズクは僕に近づいてきて、

「いってらっしゃいませ、カルス様」

僕のことをぎゅっと強く抱きしめてきた。

体に温《ぬく》もりとやわらかい感触が伝わる。ハグには癒やしの効果があると聞いたことがあるけど、
確かになんだか不思議と気分が良くなる。

「でも普段こんなことしてないよね⁉」

「そうでしたでしょうか」

真顔ですっとぼけるシズク。

いい加減離れようとするけど、シズクの抱きしめる力は強くて中々引き離せない。

「ぎゅー」

「ちょ、シズク、つよ」

などとやっていると、業を煮やしたクリスが物凄い力で僕を引っ張り、シズクの抱擁から引き剝がす。

「あ、あんたたち何やってんのよ!! ほらカルス準備出来てるなら早く行くわよ!」

「わ、わわ! 分かったよ! じゃあねシズク!」

「はい、お気をつけて」

クリスに手を引かれて、僕は家を飛び出す。ふう、朝から大変だった。


外にはたくさんの人がいて、みんな学園の方に歩いていた。もちろん受験生が多いけど、それだけじゃなくて大人も混じっている。

「あの人たちは何しに行くんだろ」

「学園の合格者を勧誘する人が多いらしいわ。研究所やら宗教団体とか人手不足の色んな所がね。カルスも変なのに引っかからないように気をつけなさい」

「うん。気をつけるよ」

どんな所に勧誘されるのか少し気になるけど、ひとまずは学園での活動に注力しなくちゃね。

そういうのに入ってみるのは学園を卒業してからでも遅くないはずだ。

「……おお、人がいっぱいだ」

学園の正門は人でごった返していた。

人混みの中を押し分け、奥に行く。するとそこにはクラス分けが書かれた大きな紙が貼ってあった。

ドキドキする胸を抑え、紙を凝視する。

どうか受かっていますように……！

「えっと僕の名前は……あ、あった！」

ちゃんとAクラスの所に僕の名前は書いてあった。

同じ欄にクリスとジャックの名前もある。僕たちは無事同じクラスになれたんだ！

「やったねクリ……」

「きゃー！　やったやった！　私たちみんなAクラスになってるわよ！」

そう言ってクリスは僕に激しく抱きついて喜びを表現してくる。

当然僕の顔は彼女のやわらかいそれに押し付けられる形となってしまうんだけど、肝心のクリスは喜びが勝っていてそれに気がついてない。周りの人たちも見ているし……恥ずかしい！

「ちょ、クリス、当たって」

「へ？　何が当たって……って、きゃあ！」

ようやく気づいたクリスは僕を解放してくれる。ふう、ドキドキして心臓に悪かった。

「カルスのえっち」

クリスは顔を赤くしながら上目遣いでそう言う。

ひどい、濡《ぬ》れ衣だ。でもこういう時は涙を飲んで受け入れなくては駄目だとシリウス兄さんに教えられたのでその教えを守る。紳士って大変だね兄さん……。

「お、二人とも揃ってるな！」

そう言って現れたのは、ジャックだった。

もうクラス分けは見たのかな？　上機嫌な様子だ。

「みんな受かっててなによりだぜ。これからよろしくな」

「こっちこそよろしくね。今から楽しみだよ」

改めてこれから一緒に過ごす友人と握手をかわす。楽しい学生生活を送れそうだね。

「受かった生徒はあっちで制服と教科書を配ってるらしいぜ。とっとと済ませてまた飯にでも行こうぜ」

「いいね。ただ今日は早めに帰らせてもらうね」

またシズクが拗ねてしまったら大変だ。葡萄酒の在庫はそれほどないのだ。

「えー。つまんない。そうだ、私の住んでる宿に泊まりなさいよカルス」

「はは、なんて恐ろしいことを……」

にやにやと笑いながらからかってくるクリス。そんなことしたらシズクがどんな反応するか分からないよ……。

そんな他愛もないことを話しながら制服を受け取る場所に行こうとすると、いきなりたくさんの人に囲まれる。そしてなにかが書かれた紙のようなものをたくさん押し付けられる。

「君、占星術に興味はないかい⁉　私は占星協会の者で」

「政治に興味はないか？　民主主義の素晴らしさを教えてげよう！」

「悩みはないかい？　青光教《せいこうきょう》に入信すれば全て解決するぞ！」

「君いい顔してるね、王都タイムズの専属モデルにならない？」

怒涛《どとう》の勢いで勧誘される。

話には聞いていたけどこんなに激しいなんて！

どうしたものかと悩んでいると、誰かがドタドタと走ってくる。

「こらーっ！　敷地内での勧誘は禁止と言っているだろうが！」

走ってきたのは兄弟子のマクベルさんだった。

マクベルさんの顔を見たその人たちは一目散に逃げていく。あの人達、許可とか取ってなかったんだ……

「全く。困った奴らだ。勝手に敷地内に入りやがって」

呆れたようにマクベルさんは呟く。

どうやら注意しても何回も来ているみたいだ。迷惑な人たちだなあ。

「お、誰かと思えばカルスたちじゃないか。Ａクラス決定おめでとう。歓迎するぞ」

「ありがとうございます。無事入れてホッとしました」

マクベルさんはクリスとジャックのこともちゃんと覚えていて二人にも「おめでとう」と言う。なんだろう、マクベルさんは先生がよく似合うね。天職なのかもしれない。

ちなみにマクベルさんは師匠の弟子だけど光魔法は使えない。確か水属性の精霊が憑いているはずだ。

「カルス。ちょっといいか？」

「え、はい」

二人と話し終えたマクベルさんは僕を連れて二人と少し離れる。どうやら二人には聞かれたくない話があるみたいだ。

「どうしたんですか？」

「大丈夫だとは思うが、学園内でお前とゴーリィ様との関係は言うなよ？」

「自分から言うつもりはないですが、なんでですか？」

そう尋ねると、マクベルさんは神妙な面持ちで理由を話し始める。

「ゴーリィ様の立場は少し複雑なんだ。そもそも協会を除名なんてよほどのことがないとされない。この前の試験の時みたいに、事情をよく知らずに悪く言う奴もいる」

「あー、あの口を挟んできた人のことですね」

あの人のことは今思い出しても少しモヤッとする。

「そうだ、しかしもちろんゴーリィ様を擁護する者もたくさんいる。ゴーリィ様は多くの人に慕われているからな。でもそのせいで勢力が二分化されてしまってたまに諍《いさか》いが起きることがある。俺は弟子だからよくその争いに巻き込まれるんだ」

マクベルさんは事の顚末《てんまつ》を知っている。

僕が呪いにかかっていることや王子であること。師匠が会長に楯突《たてつ》いたこと。どれも公には言えないヤバい情報だ。

「だから気をつけろ。お前の事情は知っているがあまり派手に動くなよ。光魔法の使い手ってだけで注目されやすいんだからな？」

「はい。心配してくださってありがとうございます」

「だ、誰が心配してるだ！　俺は面倒ごとを起こしてほしくないだけだ！」

そう言ってそっぽを向いてしまう。しかしマクベルさんは最後にこう言ってくれた。

「だがまあ、困ったことがあったら言え。ゴーリィ様からお前のことを頼まれているからな。俺にできることは手を貸してやる」

そう言って去っていく。

口は悪いけど兄弟子は優しい人だ。僕のことを心配してくれている。

「やっぱり僕は人に恵まれているなあ」

そう呟き、僕は友人たちのもとに戻るのだった。

◇　◇　◇

「どう？　変じゃない？」

制服に袖を通し、シズクの前に姿を出す。

するとシズクは手に持った撮影機をパシャパシャパシャ！　と連写しまくる。

この撮影機は最新式の魔道具だ。レンズに写った風景を、まるで本物のように紙に写すことが出来る。

撮影機は革新的な発明で、最近発明されたにもかかわらず色々な分野で活躍している。新聞にも様々な写真が載っているし、自分の綺麗な写真を広めて人気を得るモデルっていう新しい職業が生まれたらしい。世界を冒険する人も撮影機は手放せないと聞くし、今後も色んなところで重宝されるだろうね。

……それにしても現像に使う魔力加工が施された紙は高価なはずだけど、あんなにたくさん撮って大丈夫なのかな？　シズクの財布事情が少し心配だ。

「とてもお似合いです。あ、少しポーズ取っていただいていいですか？　そう、もうちょっと上目遣いで、そう」

「……なんであんたら朝っぱらから撮影会を開いてるのよ」

シズクに乗せられ撮影会に興じていたらクリスに突っ込まれた。彼女も学園の制服に身を包んでいる。うん、クリスもよく似合っている。

「ごめんごめん、もう準備も終わるから」

クリスはわざわざ学園内にある寮から僕の家に迎えに来てくれている。僕のせいで入学式に遅れるわけにはいかない。

急いで準備を済ませていると、シズクが挑発的な口調でクリスに言う。

「おやクリス様、文句を言うということはこの写真、いらないということでよろしいですね？」

「はあ？　なに言ってんのよ」

あーあー、朝から喧嘩が始まってしまう。

早めに止め……

「で？　いくら出せばいいの？　お金なら払うわ」

……なくても大丈夫そうだ。

なんで僕の写真にそんな需要があるんだ……

「ふむ、素直でいい心がけです。特別に数枚差し上げてもいいでしょう」

「あら優しいのね」

「数枚なくなったところで私にはこの『カルス様写真集～輝ける成長日記～』がありますので、問題ありません」

「うわっ、これ何枚あるのよ。凄い数じゃない」

なんか凄いものまで出てきた。表紙にＶｏｌ．３４８とか書いてあるけどこれって冊数じゃないよね……？

「ちょっとクリスまで乗せられないでよ！　学園行くよ！」

「わ、分かってるわよ！　あ、これとこれは欲しいから残しといてよね！」

後ろ髪を引かれるクリスの手を引き、僕たちは外へ行く。

僕の家は、今日も騒がしい。

入学式では学園長の長いお話を聞いた。

この学園が設立されたきっかけとか色々面白い話をしてくれていたけど、クリスとジャックは早々に寝てしまっていた。二人には退屈な話だったみたいだ。

入学式を終えた僕たちはとうとう自分達の教室に足を踏み入れた。

『1-A』、それが僕達のクラスだ。

ここに入れるのは、才能のある子どもだけらしい。どんな魔法が見られるのか今から楽しみだね。

あ、そうそう。そういえば一つ驚いたことがあったんだ。

「はーい。席につけー」

そう言いながら教室に入ってきたのは、兄弟子のマクベルさんだった。

驚くことにマクベルさんは僕たちの担任の先生だったんだ。知っている人が担任なんてラッキーだね。これからはマクベル先生と呼ばないと。

「えー、君たちの担任のマクベルだ。一年間よろしく頼む」

そう言って頭を下げたマクベル先生は、早速Aクラスの説明を始める。

「君たちも知っているだろうが、このクラスの生徒はみな魔法の基本的なことは知っている。だから他のクラスのように初歩的な授業は『しない』。初めからかなり高度な授業をする。だがそれも……『出席しなくていい』」

その言葉に教室がざわつく。

授業に出なくていいってどういうこと……？

「おっと勘違いしないでくれ。これはサボり放題ってわけじゃない。むしろその逆、君たちはただ授業を受けていれば進級できるわけじゃないってことだ。他のクラスの生徒はちゃんと授業に出て、テストで赤点を回避できれば進級できる。Ａクラスの生徒は年に三回、なにかしら『成果』を出さないといけない」

　再び教室がざわつく。

　難しい話になってきたね。成果って何をすればいいんだろう。

「例えば新しい魔法や魔法薬の開発。未知の植物や歴史的建造物の発見。新しい魔法論理の構築などなど新しいことならなんでもいい。私たち教師を驚かせるような発見をしてほしい。年に三回それをこなせた者だけが、Ａクラスのまま次の学年に進める。もし出来なければ留年か、Ｂクラスに落ちて進級してもらう」

　なるほど、これはなかなか難しそうだ。

　Ａクラスのまま進級するには、ただ魔法が上手いだけじゃ駄目なんだ。

「Ａクラスのまま進級できるのは毎年半数くらいだ。三年に上がる頃には最初の四分の一、卒業できるのは更にその半分の数になっている。とはいえみんなが成果を出してくれれば全員で卒業することも出来る。大変だとは思うが頑張ってくれ、私もできる限りサポートする。もし審査を受けたくないのであれば、Ｂクラスから始めても構わない。遠慮なく私に言ってくれ」

　マクベル先生の話を聞いているクラスメイトたちの顔は真剣になっていた。

　Ａクラスのまま卒業するのは大変そうだね。

「逆に優秀な成績を出したＢクラスの生徒がＡクラスに上がることもある。だから一度落ちたからといってそこで終わりなわけじゃない、再びＡクラスを目指すことも出来る。他にもＡクラスに入る方法はあるが……お前たちには関係ないから話はこれくらいにしておくか」

マクベル先生はそう言って話を締めくくる。

大変そうだけど、僕はワクワクしていた。

ここならもっと成長できる。僕はそう確信したのだった。

◇　◇　◇

学園が始まってから早いもので、もう一週間の時が経った。

師匠から魔法の知識を詰め込まれていた僕は、Ａクラスの授業にもそれほど苦戦することなくついていくことが出来ていた。

でも友人のジャックはそうではないみたいで、

「あ〜〜、今日の授業もちんぷんかんぷんだったぜ」

そう不貞腐れながら彼は購買で買ったサンドイッチを食べていた。

今僕たちは学園内の広い中庭のテーブルに座って昼食を食べている。僕とジャックは向かい合うように座っていて、僕の左隣りにはクリスが座っている。

「まあでもさっきのは難しかったよね。錬金術の話も合わさってたし理解できなくても無理ないよ」

「だよな！　だよな！　やっぱりカルスは話が分かる奴だぜ！　あ、そのおかず貰っていい？」

「それは駄目」

それはそれ、これはこれ。隙をつけば貰えると思ったら大間違いだ。

シズクお手製のお弁当をそう簡単に渡しはしない。

数日前に購買で何も買うことができなかったジャックに少し分けてあげたらすっかり気に入ってしまった。それ以来ハイエナのように狙われている。

まあ美味しいから気持ちは分かるけど、お昼ごはんは僕の楽しみでもある。

それにこれはシズクが僕のために早起きして作ってくれたものだ。いくら友達でもタダではあげられないよ。

「ちぇー、そう簡単にはいかないか。……あ、そうだ。じゃあよ、とっておきの情報があるんだけどそれと交換ならどうだ？」

「情報？」

人当たりが良くて、すぐに他の人と仲良くなれるジャックは情報通で学園内のことを色々と知っている。

クラスのパワーバランスや有名生徒の交友関係。先生に見つかりにくいサボりスポットや、学園七不思議など情報の幅は広い。

その情熱を少しでも勉強に活かせればいいのにと思わなくもないけど、人には得意不得意があるし仕方ないか。

「情報ねえ。まあ確かに気になるけど、それの対価はおかずよりも勉強を見てあげることの方がいいんじゃないの？」

「ぐっ……確かにそりゃそうだ。カルス！　面白いこと教えるから勉強を見てくれ！」

ジャックはベンチの上で綺麗な土下座を披露する。

そんなことしなくても勉強ぐらいいくらでも見てあげたけど、面白いことは知りたいのでその提案を受け入れる。

「で、なんなの？　面白い情報って」

「ああ。学園には大きな時計塔があるだろ？　実はあの中に一人の生徒が住み着いてるらしいんだ」

魔法学園の中には立派な時計塔があって、四時間おきに鐘を鳴らして時間を教えてくれる。

確かに気になるから、僕も一回近くに寄ってみたけど……

「確か鍵がかかってなかった？　それも厳重なやつ。入っちゃ駄目なんじゃないの？」

「それがあの鍵、学園が付けたやつじゃないみたいだぜ？　とある生徒が中に引きこもるためにかけたらしい」

「え、一人の生徒が時計塔を占領しているってこと!?　それって問題にならないの？」

「それがその生徒わけありみたいでな。先生も強くは言えないらしい。それに時計塔の中に大した物は置いてないから、そのまんま放っとかれてるらしいぜ」

「へえ……それは気になるね」

「だろ？　生徒の間ではそいつのことを『時計塔の引きこもり』って呼んでるらしい。興味があるなら行ってみたらどうだ？」

ジャックにそう言われなくても僕の心はもう決まっていた。

先生も口出し出来ない生徒、いったいどんな人なんだろう。ぜひ会ってみたい……！

「じゃ、そういうことでおかず一つ貰うぜ」

「あっ！　なに勝手に食べてんのさ！　もう勉強教えないからね！」

「ちょ、それは勘弁してくれよ！　ほら、俺のパン一個やるからさ！」

やいのやいの言い合う僕とジャック。

そんな僕たちを横目に見ながら、クリスは「はあ。男子って本当に馬鹿ね」と呆れ気味に呟いていた。

◇◇◇

その日の放課後。

僕は一人でその時計塔に来ていた。

「うーん、やっぱり大きい」

魔法学園の敷地内には大きな建物がたくさん並んでいるけど、時計塔はその中でも大きい方でかなり目立つ。こんな大きな建物を一人の生徒が独り占めしているなんて。

「じゃあ早速入ってみよっかな」

時計塔に近づき、扉を見る。

するとそこには大きな『錠《じょう》』がかかっていた。

他のところから侵入出来ないか辺りを見回してみるけど、時計塔の窓は結構上の方にしかない。

扉以外からし入るのは難しそうだね。

魔法を使えば登ることもできるかもしれないけど、なにもそんな危険なことする必要はない。

「よし。やるぞ……！」

錠を手に取り、その構造を確認する。

これは普通の錠じゃない。『魔法錠《まほうじょう》』と呼ばれる特殊なものだ。

普通の錠はそれを開ける鍵があるけど、魔法錠にはそれが存在しない。代わりに決められた手順で魔力を流すことで開けることができるのだ。

開けるには錠の構造の理解と、繊細な魔力操作が要求される。鍵開けの達人でも魔法錠には歯が立たないという。

中には開けることに失敗すると罠《わな》が作動するものもあるらしい。気をつけないと。

「セレナ、ちょっと手伝ってもらえる？」

そう口にすると、どこからともなくセレナが現れる。

「へえ、これが魔法錠なのね。初めて見た」

セレナはしげしげと興味深そうに魔法錠を眺める。

ちなみにここに入る許可はマクベル先生にちゃんと貰っている。もし無許可だったらセレナも協力してくれないからね。

「どう？　なんとかなりそう？」

「ちょっと待ってて……えい」

セレナの指先から光が放たれて錠を包み込む。

するとセレナは「ふむふむ、なるほどね」と納得したように呟く。

「どう？　解錠《あけ》られそう？」

「人間にしては中々複雑な機構だけど、精霊である私からしたらこんなの目を瞑《つむ》ってでも解けるわ。ほら、指示してあげるからやってみなさい」

「うん、お願い」

魔法錠の鍵穴部分に指を突っ込み、セレナの指示通りに魔力を流す。

「そこで右に少し流す。そこがカチッとなったら一回流すのをやめて。そしたら渦を巻くように流して……はい、出来た」

ガチャ、と音が鳴って魔法錠が開く。ふう、中々大変だった。

セレナがいてくれて助かったよ。

「ありがとうセレナ。助かったよ」

「どういたしまして。さ、入りましょ」

少し建付けの悪くなった扉を開き、僕たちは時計塔の中に足を踏み入れる。

「おじゃましまーす……」

時計塔の中は暗くてあまり見えない。『光在れ《ライ・ロ》』を発動して辺りを照らしながら中を進む。

「凄い。物でいっぱいだ」

時計塔の中ははっきり言って汚かった。歩くたびに埃《ほこり》が舞い上がるほどだ。

中にはそこかしこに本とか怪しげな器具が散らばっている。これ全部『時計塔の引きこもり』さんの私物なのかな？

魔法錠をかけていることといい、その人は魔法の知識が深いのかな。

「うーん……いないね」

一通り中を見て回ったけど、人がいる感じには見えなかった。この話は噂《うわさ》に過ぎなかったのかなと残念に思っていると、上の方からガタ、と何かが動く音が聞こえた。

「そういえばまだ上には行ってなかったね。ここまで来たんだ、せっかくだから行ってみよう」

少し怖いけど、僕は上に上がる決心をする。

部屋の隅に会った階段を見つけ、ゆっくりと登る。その度に木製の階段がギシ、ギシ、と音を立てる。

「うわ、今にも抜けそうだ……」

時計塔の中はしばらく修繕されてない様子だった。

うーん、なんで学園はその人がここを占領するのを認めているんだろう。いくら時計塔の中を普段利用しないからといって一人の生徒の自由にさせるのは不自然だ。

そんなことを考えながら二階に上がる。すると、

「うわ……っ！」

壁一面に書かれた計算式。見たことのない魔道具に怪しげな薬品の数々。

そこはまさしく小さな研究所と言えるような場所だった。時計塔の中がこんな風になっているなんて！

「誰が魔法錠を開けて中に入ってきたのかと思ったら……学生だったとはねえ」

「っ⁉」

辺りに突然声が響く。

幼い女性の声だ。

慌てて周りを見渡してみるけど誰の姿もない。い、いったいどこから聞こえたの……？

「ここだよ、ここ。すぐ側にいるじゃないか」

声は確かに近い。でも見つからない。

まさか体を透明に⁉　それか他の物に擬態しているのかもしれない。

注意深く確認するけど……やっぱり見つからない。するとその声の主は苛立たしげに声を出す。

「違う！　どこを見てるんだい、下だよ君ぃ！」

「へ？　下？」

視線をゆっくり下に向ける。するとそこには確かに人がいた。

十歳に満たないくらいの、ふわふわの栗毛《くりげ》が特徴的な小さな女の子が。

「よく来たね私の研究所《ラボ》へ。私はサリア＝ルルミット。ここ時計塔の主《あるじ》だ」

僕よりずっと小さなその女の子は、明らかに丈が合ってない白衣をはためかせながらそう言った。

……不思議な子だ、僕よりずっと歳下に見えるのになんだか大人びて見える。落ち着いていて、知的な感じがする。

「えっと……君が『時計塔の引きこもり』さん、なんですか？」

「ふむ、私はそう名乗った記憶はないが、私のことをそう呼んでいる生徒がいるのは確かだよ。人のことを引きこもり呼ばわりとは酷いもんだ」

どうやらこの子が僕の探していた人物みたいだ。

よく見ればダボダボの白衣の下に学園の制服を着ている。この子は本当に魔法学園の生徒みたいだ。

でも疑問はまだ残る。

「えっと魔法学園は十五歳にならないと入学出来ないはずですよね？　失礼ですがサリアさんがその年齢に達しているようには見えないのですが……」

「ふむ、至極真っ当な疑問だ。なんでこんなに幼く天才的な頭脳の持ち主が時計塔にこもっているのだろうかとね」

「はあ……」

後半は特に思ってなかったけど黙っておこう。

「魔法錠を解きここまで来た生徒は初めてだ。個人的に君にも興味はある。教えてあげてもいいが……今は大事な実験の途中。悪いがお引き取り願おうか」

サリアさんはそう言うと踵《きびす》を返して部屋の奥に行ってしまう。

慌ててそれを追おうとすると、僕は額を硬いなにかにゴンッ、とぶつけてしまう。

「いだっ」

額をさすりながら正面を確認するけど、そこには何もなかった。

「あれ？　ここらへんにぶつかった気がしたんだけど」

ゆっくり手を前に出すと、硬いなにかに手が触れた。これは……魔法で作られた障壁だ。目を凝らせばぼんやり見えるけど、透明度が高くてあることに気がつかなかった。

軽く叩いてみるとコンコン、と硬質的な音がする。結構硬そうだ。

「それは魔道具により生み出された特殊な障壁、ちょっとやそっとじゃあ壊すことは出来ない。怪我をする前に帰ることをお勧めするよ」

見れば障壁の内側で大きめな魔道具がブゥン……と音を立てて稼働している。あれが障壁を作っているんだ。

「あの、どうしてもお話を聞くことは出来ませんか？」

「ふぅん。そんなに天才少女である私の話を聞きたいかね。そこまで私のことを想ってくれるのは嬉しいが、私は忙しいんだ。日を改めてくれたまえ。ま、その障壁を越えて私のところまで来ることが出来たのなら考えてもいいけどね」

そう言ってサリアさんは部屋の奥にある魔道具をイジり始めてしまう。

……せっかくここまで来たんだ。モヤモヤしたまま帰るなんて出来ない。

「分かりました。少しだけお待ちください」

「へ？」

ぽかんとする彼女をよそに僕は障壁を触る。

「光の探知《ラ・ダジール》」

障壁に触れた手から光の波動が放たれ、障壁の中に吸い込まれていく。

その光は障壁の隅々に渡り、それがどのような魔法なのかを僕に教えてくれる。

「この構造……『魔法錠』に似ている。だったら……！」

解除の仕方も同じはず。無理に壊す必要はない。

「セレナ。補助《サポート》をお願いできる？」

「ええ、任せなさい」

セレナの助けを借りながら、僕は障壁に魔力を流す。

扉にあった魔法錠よりもこの障壁の構造は複雑で、少し手間取ったけど……なんとか解除することに成功した。

「……これはさすがに驚いたね」

消えていく障壁に気づいたサリアさんは、僕を見てそう呟く。これで少しは話をしてくれる気になってくれたかな？

「人とは固定観念に縛られる生き物だ。錠であれば解除するもの、壁であれば壊すもの。そう解釈しまうのがほとんどだ。よくぞ障壁《それ》の構造に気が付き、解除することが出来たねえ。私は君に『興味』が湧いてきたよ」

サリアさんは身の丈より大きい白衣を引きずりながら僕の側まで歩いてくると、高めの椅子にピョンと飛び乗る。

「よし。これで会話しやすくなったね」

ようやくサリアさんと視線が合う。

彼女はその気だるげな目を僕に向けながら口を開く。

「さて、改めて挨拶をしようじゃないか。私はサリア・ルルミット。ここ時計塔研究所の主人をしている」

「僕はカルス・レイドと言います。学年は1-Aです」

「ほう、新入生だったか。では私の一学年下ということになるねえ。私は2-Aに所属している」

「あの。ずっと気になっていたんですけど……サリアさんって歳下、ですよね？　それとも歳を取るのが遅い種族だったりしますか？」

この世界には人間の他にも、エルフやドワーフ、リザードマンに獣人など色んな種族が生活している。

サリアさんはぱっと見た感じ僕と同じ人間にしか見えないけど、もしかしたら他種族の可能性も高い。もし他種族なら見た目と年齢が一致しなくてもおかしくない。エルフなんかは人間よりずっと長生きだしね。

「いんや、私は正真正銘人間さ」

「え、そうなんですか？　じゃあなんで二年生なのに……えと、失礼なのですが、そのような小さい姿なんですか？」

「それを話すと少し長くなるが……まあよいだろう。こんな辺鄙な所まで来てくれた礼だ。珈琲でも飲みながらゆっくり語ろうではないか」

そう言ってサリアさんは怪しげな器具で珈琲を淹《い》れ始める。

アルコールランプで、丸いガラスの中の水を沸かしている。沸いたお湯はガラスの中の管を上がって、上に付けられた別のガラス瓶の中に入っていき、そこで珈琲の粉と混ざって黒く変色する。こんな淹れ方もあったんだ……。

「ほら飲むといい、変な薬品は入れてないから安心したまえ」

出来上がったそれを、フラスコの中に入れてサリアさんは僕の前に差し出す。

マグカップに入れてくれれば普通の珈琲に見えたんだけど、これじゃあ実験で作った薬品にしか見えない……。

「は、はい。ありがとうございます」

少し抵抗はあるけど、僕はそれを豪快に飲む。

「あ……おいしい」

「だろう？　料理は出来ないけど珈琲にはうるさいんだ私は」

見た目は最悪だけど、味は最高だった。深いコクがあるけどまろやかで優しい、そんな味だ。見た目は最悪だけど。

「さて、どこから話したものかな。まずは四年前、私が魔法学園に入学した時のことから話そうか」

「よ、四年前っ⁉」

僕は思わず珈琲を噴き出してしまう。

「ああ、間違いない。三年前でも五年前でもないよ」

「でもサリアさんは二年生なんですよね？　計算が合わないじゃないですか！」

僕のその質問にサリアさんは謎に得意げに答える。

「簡単な話さ。私は三回、留年しているのだよ」

「……もう何が何やら」

なんとこの幼女先輩、ダブるどころかトリプるっていた。めちゃくちゃだよ……

三留しているということはこの見た目で十九歳ということになる。見た目の年齢と十歳くらい違うんだけど……。

「あれ？　そもそもAクラスを維持したまま留年ってできるんですか？　確か定期審査を通過できないとBクラスに落とされると聞きましたけど」

「ああ。私は定期審査をちゃんと通過しているからね。その上で進級を『拒否』しているのだよ。初めて拒否した時の先生の顔は傑作だったね、今まで自分の意思で留年を希望した者はいなかったそうだよ」

ははは。と楽しそうにサリアさんは笑う。

「留年が続けば就職にも悪影響が出ますよね？　それなのになんで自分の意思で留年しているのですか？」

「簡単な話さ後輩くん。学園にいる間は自由に研究できるだろう？　こんなに素晴らしいことはない。自由な時間に好きな器具を使えて本もたくさんある。申請すれば研究費も下りるからね。こんなに良い環境を手放すなど愚の骨頂だよ」

早口でペラペラと話すサリアさん。この人は本当に研究一筋なんだ。

きっとこの人が優秀だから学園は彼女が進級せずにいることを黙認してくれているんだろうな。

普通の人だったら叱られてお終いだ。

「でもAクラスに居続けることが出来るサリアさんなら、卒業してもいい研究所で働けるんじゃないですか？　学園も確かに設備は充実していますけど、ちゃんとした研究所の方が設備も人もいるんじゃ……」

「でもそんなことしたら……しないといけないだろう？」

僕の疑問に、サリアさんぼそぼそと小さな声で返事をする。

よく聞こえなかった。

「へ？　なんて言いましたか？」

「……そんなことしたら、他の人と一緒に仕事しなければいけないじゃあないか！」

急に先輩の残念感が増した。

もしかしてこの人、引きこもりなだけじゃなくて、人見知りでもあるんじゃ……？

「ああそうさ！　ご察しのとおり私は生粋のコミュ障さ！　しかしそれがどうした、私は一人でも研究ができる、他の人などいらないのだよ‼」

はーっはっは、と高笑いするサリアさん。清々しいまでの開き直りだ。

「でもいくら学園がいいからっていつまでもはいられないですよね？　大人になったら学園にいづらいでしょうし」

「いい着眼点だね後輩くん。花丸をあげよう。確かにその点は私も考えた。生徒に『あの人いつまで学園にいるんだろう』と痛い目で見られるのは私も望むところではない。ゆえに私は作ったのだよ、『若い姿でいられる薬』をね」

「え……それって」

「ああ。この姿は薬で若返った姿さ。なにぶん初めての試みだったから若返り過ぎたけど、実験は無事成功した」

驚いた。この人は学園で研究するためだけに若返りの薬を作ったんだ。

動機はちょっとあれだけど、こんな薬を一人の生徒が作ったなんて凄いことだ。

「サリアさんは魔法の薬を作る研究をしているんですか?」

「違う違う、それはあくまで研究の副産物に過ぎない。私が熱を注いでいるのはこれさ」

そう言って彼女が机に置いたのは、白い石だった。

なんの変哲もない白い石。だけど僕はそれを見てハッとした。

「君は知らないと思うが、この石は『宿《やど》り石《いし》』と呼ばれる代物でね。古い慣習の残る地域ではこの石の前に供え物を置く。そうすることで精霊に感謝を伝えるんだよ」

宿り石のことも、供え物のこともよく知っている。というか供え物に関してはしょっちゅうやっている。

ケーキやパフェとか供え物っぽくない物ばかりだけど。

「私は科学技術を用いて魔法の研究をしていた。しかし深く研究すればするほど、人間以外の存在を強く感じ取ってしまった。魔法という作用には誰か意思のある第三者が絡んでいるとしか思えない研究結果がたくさん出たのだよ。私はこれを精霊の力なのだと仮定した、まだ証明は出来ていないけどね。もし本当に精霊がいるのであれば……その姿を見てみたい。いつしか私の研究は精霊を見ることにシフトしていた」

サリアさんは真剣な表情で語る。

この人の精霊に対する思いは本物みたいだ。

「なんでそんなに精霊が見たいんですか？」

「だって寂しいじゃあないか。ずっと側にいて力を貸してくれているのに、その姿を見ることも声を聞くことも出来ないなんて」

サリアさんの言葉は僕の胸を強く打った。

なぜなら僕も同じことを思っていたからだ。僕は自分の精霊の姿が見えるからお喋《しゃべ》りしたりお礼を言ったりできるけど、他の人はそうはいかない。そんなの寂しい。

もし他の人も僕と同じように精霊を見られるようになれたら、それは素晴らしいことだと思う。

そう思った僕の行動は早かった。

「サリアさん、その研究手伝わせてもらうことは出来ないですか？」

「んん？　研究に興味を持ってくれたのは嬉しいけど、あいにく人手なら足りているのだよ。光魔法の使い手は珍しいが……この研究において重要だとは思えないからね」

この反応は予想内だ。

サリアさんは人見知り。僕とは割と話してくれているけど、それでも研究は一人でやりたいんだろう。

でも……これを聞いたらそうは言っていられないだろう。

「僕は精霊を『見る』ことが出来ます。これでもこの研究に不要ですか？」

それを聞いた先輩は驚いて、手にした試験管を机の上に落っことしてしまう。

机の上をカラカラと音を立てて転がる試験管。

サリアさんはそれを拾うこともせず、僕のことをじっと見つめる。その目には猜疑心《さいぎしん》と好奇心が見える。比率は半々くらいかな。

「精霊が見える……か。それは非常に興味深い、本当の話であればだけどね」

そう言ってサリアさんは珈琲を一気に飲み、空になったビーカーを机に置く。

「確かに大昔、人は精霊を見ることが出来たと文献で見たことがあるが……君にそれが出来ると言われても、はいそうですかと信じることは出来ない。その力、ぜひ見せてくれないか？」

「それはいいんですけど……どうすればいいですか？」

僕が見えるということを証明するのは難しい。

他の人に精霊の指眼鏡《シルフリング》が使えれば話は早いんだけど、あれは僕にしか使えない技だ。師匠の目で試してみたけど発動はしなかった。

「その力で私の精霊を見てくれないか？　そしてどんな子が憑いているのか教えてほしい。それに納得したら君の力を信じようじゃないか」

「……分かりました。それで信じていただけるのであれば」

隣にいるセレナに目配せし、『精霊の指眼鏡《シルフリング》』を発動してもらう。

その目でサリアさんを見てみると、彼女の後ろに大きななにかが揺らめいていた。青くて、透明で、不思議な生き物。

昔図鑑で見たことがある。海にいる生き物で確か名前は……

「クラゲ……？」

そう、クラゲだ。

海に漂うぶよぶよの生き物。それのかなり大きなサイズがサリアさんの周りをふよふよと浮遊していた。

「クラゲ……か」

サリアさんはそう呟くとなにかを思い返すように目をつぶる。いったいどうしたんだろう。

「あの、どうしたんですか？」

「昔の記憶だ。小さい頃、私は親に連れられ海水浴に行ったことがある」

レディヴィア王国西部には大きな海がある。そこに行ったのかな？

僕はもちろん一回も行ったことがない。

「恥ずかしながら小さい時の私はお転婆でね。親の目を盗んで勝手に走り回る子だった。おっと今も小さいじゃないですかみたいなツッコミはやめてくれよ。さすがに今はそんな非常識なことはしないさ」

とても三留して時計塔を占拠している人の言葉とは思えないけど、グッと我慢する。今はサリアさんの話をちゃんと聞こう。

「勝手に海の中に入った私は案の定溺れた。もう駄目だ、助からない――――そう思った時、私は冷たいぷにぷにしたなにかに手を掴《つか》まれた。意識を失う寸前に見えたのは、青い触手。そして気がついた時には私は浜辺に倒れていた。その何かは私を助けてくれたんだ」

「……そんなことがあったんですね」

精霊が人を助ける伝承はいくつもある。

人に触ることの出来ないはずの彼らがどうやってそんなことができるのかは分からない。もしかしたら彼らには僕のまだ知らない力があるのかもしれない。

「ずっとそれの正体を知りたかった、知識を得ればばそれの正体が分かるのではないかと思って私はたくさん勉強したよ。そして研究の過程で精霊の存在を感じた時に、『これだ』と思った。あの時助けてくれたのは精霊だったのではないか……とね」

そう言ってサリアさんは自分の斜め後ろを振り向く。

そこには精霊のクラゲが浮いていた。彼女はまるでその姿が見えているかのようにクラゲの方に手を伸ばす。

「いるのだろう？　そこに。キミの姿を見ることは叶わぬがその存在を感じることは出来るよ。ありがとう、幼き日の私を助けてくれて。おかげでこんなに元気に育つことが出来た。背は小さくなってしまったけどね」

そう言う彼女の手に、クラゲは触手を絡ませる。

クラゲに表情はないけど、その仕草はなんだか嬉しそうに見える。

そんな二人の様子を見ながら、僕とセレナは話す。

「なんかいいね。こういうの」

「そうね。精霊と人間がもっと仲良くなれる世界が来ればいいのにと私も思うわ。人間の世界には精霊の知らない美味しい食べ物もたくさんあるしね♪」

「ふふ、そうだね」

そんな素敵な未来がいつか来たらいいのに。そう思いながら二人を眺めるのだった。

◇　◇　◇

「……少し長話をし過ぎたようだね。今日は楽しかったよ」

陽が傾き始めた頃、サリアさんは僕にそう切り出してきた。

最初は興味本位でここに来たけど、まさかこんなに凄い話を聞けることになるなんて思わなかった。

「はい、僕も楽しかったです。ところでサリアさんの研究の手伝いってさせてもらえるのですか？」

色々なことがあってその話にたどり着けていなかった。

人間が精霊を見ることのできる研究、ぜひとも手伝ってみたい。その一心で尋ねてみると、サリアさんは「ふっ」と鼻で笑う。

『手伝わせてもらえるか』だって？　ずいぶん惚《とぼ》けたことを聞くねぇ君は」

「……へ？」

「いいかい後輩くん、君はもうこの研究所《ラボ》の名誉研究員なのだよ！　辞めたいと言ってもそう簡単には辞めさせないから覚悟するんだねえ？　泣き喚く年上女性を見捨てることが出来るなら辞めてもいいけど、君にそれが出来るかな⁉」

そう言ってサリアさんは「はーはっは！」と高笑いをする。

これは認めてもらえたってことでいいの……かな？

「研究員の証として、魔法錠に君の魔力を記録しておこう。そうすればいちいち魔法錠を解かなくても中に入れるようになる」

それは確かに便利だ。

これで気軽に来ることが出来るようになった。

「研究所《ラボ》には好きな時に顔を出したまえ。君も忙しいだろう、毎日来いとは言わないが週に一回くらいは顔を出したまえ。調べたいことは山ほどあるからねえ……君のその体質の謎、とかね」

サリアさんに呪いのことは話していないけど、僕が特殊な体質であることは話した。

そもそも僕も自分がなんで精霊を見ることができるのか分かっていない。呪いが原因なのか、それとも別の要因があるのか。

サリアさんの協力があればその謎を明かす手がかりを見つけられるかもしれない。

「分かりました。週に一階はこちらに来ます。あ、その時僕の友達も連れてきても大丈夫ですか？」

そう尋ねるとサリアさんは露骨に嫌そうな顔をする。

そしてしばらく考え込んでから口を開く。

「ん～～～。正直とっても嫌だが……いいとしよう。君の友人なら嫌な子じゃないだろうしね」

「本当ですか！　ありがとうございます！」

正直断られると思ったけど、なんと了承してくれた。

クリスあたりは絶対来たがると思ったからホッとした。

「なあに『シェリー』のことを教えてくれた礼さ。正直研究が行き詰まってたところなんだ。君が来てくれたのは渡りに船、砂漠にオアシスだったのだよ。これくらい許容するさ」

シェリーというのはサリアさんに憑いているクラゲの精霊の名前だ。

クラゲの精霊は話すことが出来ないみたいなのでサリアさんがさっき名付けた。どうやらシェリーは気に入ってくれたみたいでぷるぷると震えていた。

「それではまた近いうちに来ます。今日はありがとうございました」

「こちらこそ良い時間をありがとう後輩くん。またいつでも来てくれたまえ」

「はい。ぜひ」

僕はまた来ること約束して、サリアさんと別れるのだった。

時計塔から出ると、空はもうオレンジ色に染まっていた。

少し帰るのが遅くなっちゃったけど、夕飯には間に合いそうだ。よかったよかった。

「……ん？」

校門に誰か人が立っている。

黒い外套《がいとう》と帽子の人物、その人は僕のことをジッと見ていた。

誰だろう。少し警戒しながら校門へと近づく。

「いったい誰だろ……って、ああっ！」

残り数メートルといったところで、その人は帽子を外しその素顔を見せる。そのおかげで僕はその人の正体に気がついた。

「久しいなカルスよ。どうやら元気でやっているようじゃな」

僕の師匠であり光の魔法使いゴーリィ＝シグマイエンは、楽しげに笑みを浮かべながらそう言うのだった。

◇　◇　◇

「馳走《ちそう》になった。やはりシズク殿の料理は絶品だな、カルスも大きく育つはずだ」

「ふふ、そんなにお褒めになっても何も出ませんよ？　あ、デザート要ります？」

意外とちょろいシズクを尻目に、僕も食事を終える。

学園で師匠と出会った僕は、一緒に家に帰ってきて食事を楽しんだ。どうやら師匠は王都に用事があったみたいで、それ終わりで僕に会いに来てくれたらしい。

「さて、カルスよ。お主が屋敷を出てもうすぐ一月近くなるな。こっちの暮らしは慣れたか？」

「はい。学園も楽しいですしとても充実してます。あ、そうそう学園の図書館って凄いたくさん本があるんですよ！　三年で読み切れるかと心配で」

「ふぉふぉ、どうやら楽しくやれてるようなじゃな。それはなによりじゃ」

満足そうに頷いた師匠は椅子から立ち上がる。

そして僕の側に来ると立ち上がるよう促す。

「カルス、左胸を見せてみい」

「……はい」

少し渋ったけど、観念して服を脱いで上半身を晒《さら》す。

師匠は僕の左胸にあるそれを見て「ふうむ……」と呟く。

「少し大きくなっておるな。やはり完全に侵食を止めることは出来ぬか」

師匠の視線の先にあるのは僕の体に刻まれた『呪い』だ。

歳を取るごとに呪いの侵食速度は少しずつ上がっている。今はなんとか抑えることは出来ているけど……無事成人を迎えることのできる保証は、ない。

「で、でも痛みとかはないんですよ！　体も動きますし！」

「ばっかもん。痛むようだったら学園など行かせたりせんわ。それよりほれ、魔法陣を描き直すからジッとせい」

師匠はそう言って『方陣筆』と呼ばれる特殊な筆で、僕の呪いの上から魔法陣を描く。

今僕に描かれている魔法陣には光の魔力を溜める効果がある。これに『光の浄化《ラ・ルシス》』の力を溜めることで普段から『光の浄化《ラ・ルシス》』の効果を呪いに当て続けているのだ。

「どうやら自分で魔法陣を描き直したようじゃが、まだまだ線が甘い。このようなガタガタの魔法陣じゃ一週間も持たんぞ」

「はい……精進します」

自分的にはそこそこ上手く描けたつもりだったんだけど、師匠からしたらまだまだだったみたいだ。

もっと頑張らないと。

「じゃがまあ、自分の体に描くのは難しいのも分かる。知り合いの『方陣師』が王都におるから今度訪ねてみるといい。儂《わし》の名前を出せばきっと力になってくれるじゃろう」

「は、はい！　ありがとうございます師匠！」

そんなことを喋っている間に、師匠は僕の左胸に立派な魔法陣を描き終える。

僕の描いたものよりずっと正確で綺麗な魔法陣だ。これならこの部分を怪我でもしない限りはしばらく大丈夫だね。

「さて、美味い飯も食えたし、弟子の様子も見れた。そろそろお暇するとするか」

「へ？　泊まっていかれないんですか？」

外はもうすっかり暗くなってしまっている。

てっきり泊まっていくものだとばかり思っていた。

「明日も朝からやることがある。宿に泊まった方がお互い気を使わなくて済むじゃろうて」

「朝からやることって……もしかして僕の呪いのために動いてくれているんですか？」

その質問に、師匠は困ったような笑みを浮かべる。

……そっか。師匠は一人でも動いてくれているんだ。

「言っておくがお主が気に病む必要はないからの。これは儂の『夢』のためなのじゃから」

「……分かりました。でもお礼は言わせてくださいね。ありがとうございます師匠、お気をつけて」

そう言って下げた頭を優しくぽんと叩き、師匠は家を出ていった。

その後ろ姿を見ながらぽつりと呟く。

「師匠にはお世話になりっぱなしだね……」

家を出て、少しは大人になった気になっていたけど、僕はまだまだ子どもだった。

いつか本当に大人になった時、ちゃんと恩を返せる大人になれるようになっていたらいいな、そう僕は思ったのだった。

◇◇◇

夜、僕はいつも通りベッドに横になっていた。

考えるのは今日授業で学んだこと、サリアさんと話したこと、そして師匠と話したこと。

「学園の地下迷宮、かあ」

それは食事中に師匠がポロッと話したことだった。

『学園には七不思議と呼ばれるものがあった。今でも残っておるのではないか？　わしが在学しておる頃はそれを専門に研究する生徒の集まりもあったものだ』

『へえ、そんなものがあったんですね。どんな内容なんですか？』

『特に有名だったのは学園の地下に眠る迷宮の話じゃな。王都ラクスサスはかつて魔の軍勢の居城であった。それは知っておるな？』

その話ならよく知っていた。

だって魔の軍勢を相棒の竜と共に打ち滅ぼしたのは、僕のご先祖様だからだ。

その人がレディヴィア王国を建国し初代国王になったんだ。

『学園地下にはその居城がまだ残っているという噂があった。儂も興味があって探してみたこともあるが、結局入り口を見つけることすら敵わなかった。興味があるなら探してみるといい』

師匠はそう言っていた。

謎の地下迷宮、健全な男子として興味をそそられる言葉だ。それにそんなに昔の建物なら、僕のご先祖様のこともなにか分かるかもしれない。

初代国王アルス様には謎が多いからね、ぜひ色々と知りたいな。

そんなことを思いながら僕は眠りにつき……そして、目を覚ました。

僕の部屋ではなく、真っ黒い空間の中で。

「――――まさかまたここに来ることになるなんて」

この空間に僕は覚えがあった。

以前僕はこの空間で呪いの根源らしき存在に出会ったんだ。

あれ以来一回もここを訪れることはなかったから油断していた。いったい今度はなんの用なんだ？

「来るなら来い」

いきなりだから驚いたけど、恐怖はない。もうただ怯《おび》えていただけの僕はもういない。

呪いになんかに屈したりしない。

「……来た」

目の前の空間がぐにゃりと歪《ゆが》み、そこから人の形をしたなにかが姿を現す。

人の形をしてはいるけど、細かいところは見えない。いったいこれの正体はなんなんだろう？

『……ヒサシ、ブリ。ダネ』

鼓膜を直接なでるような耳障りな声。あの時の声と同じだ。

黒い顔の中で唯一認識出来る光る目を、そいつは細める。笑っているのか……？

「なんの用だ。僕になにか伝えたいことでもあるのか？」

『……カルス、ゲンキソウ。ボク、ウレシイ……』

くすくす、と心底嬉しそうにそれは笑う。

本当に喜んでいるのか、それともからかっているのか。こいつの本心が分からない。

『ネエ、カルス……』

しばらく笑っていたそれは、笑うのをやめたかと思うと急に真面目なトーンで話し出す。

そして次の瞬間、思ってもいないことを尋ねてくる。

『ノロイ、トキタイ……？』

「――――っ⁉」

呪いを解きたい？　だって？

分からない、何を言いたいんだ？　だってこいつ自身が呪いじゃないの？

それともなにか根本的な見落としをしてしまっているのだろうか。だけどまだ僕をおちょくっているという可能性も捨てきれない。

分からない……こいつは何者なんだ⁉

「呪いは解きたいに決まってる。君にそれが出来るっていうの？」

そう尋ねると目の前のそれは横に首を振る。

その動作はどこか悲しげだ。まさか本当に手伝ってくれるつもりなのだろうか。

『イク。チカ』

「ちか……？」

なんのことか分からず首を捻ると、目の前のそれは手のようなもので下を指差す。

下……ちか……まさか『地下』のこと？

「地下がどうしたっていうの？」

『トウ、チカ、イル……』

塔の、地下。

最近行った塔といえば時計塔だけどそこのことなのかな？

あそこに地下へ通じる道なんてなかったと思うけどどこかに隠されているのだろうか。

場所も気になるけど一番気になるのはそこに何がいるかだ。

まさか師匠の言っていた地下迷宮があるとかじゃないよね？　そこが僕の呪いと関係あるの？

「その地下には誰がいるの？」

『アオ、イル……アレ、ヤクダツ』

「アオ？　いったいなんのこと……？」

『フフ……』

問いただすけど、それは不気味に笑うだけで何も答えてはくれなかった。

怪しい。こいつのことは何も信用出来ない。だけど……もしかしたら呪いのことが何か分かるかもしれない。

多少の危険を冒す価値はあるかもしれない。

「……分かった。君のことを信じるわけじゃけど、行ってあげようじゃないか」

そう言うとそれは嬉しそうに目を細め……僕の手を握ってきた。

『ウレシイ……』

その瞬間、全身に鋭い痛みが走る。

「……゛あ、が、゛う……っ⁉」

この痛みは忘れもしない。呪いが酷かった時に感じていた痛みだ。

まるで全身の毛穴に針を刺されたような痛み。思わず命を絶ってしまいたいと思うほどの激痛に僕はその場に崩れ落ちる。

「や、゛め……」

痛みの中、それの手を振り解こうとするけど力が入らない。倒れ込み痛みに呻《うめ》く僕を覗《のぞ》き込みながら、それはぎゅうぅ……と僕の腕を強く握る。

『イタイ、ネ。ウレシイ、ネ……』

「何を言って……」

歯を食いしばって言い返そうとするけど……力が入らない。

立つことも喋ることも出来なくなり、意識がだんだん薄れていく。うう、痛い……なんで、なんで僕がこんな目に遭わなくちゃいけないんだ。

『マタ、ネ……』

いまだ正体の分からないそれに腕を握られながら、僕は意識を失ったのだった。

○用語事典Ⅳ

星欠《ほしかけ》

満天の星空を欠く、黒いなにか。
一節には太古の神々の戦いにより空が欠けてしまったのだと言われているが、
原因はまだ解明されてない。

若返りの魔法薬

サリアが開発した若返りの薬。年齢を十歳ほど若返らせる力がある。
彼女の体に合うように調合してあるため、誰もが使えるわけではない。
肉体的には若返るが、魂の老化は防げないため寿命を延ばすことは出来ない。
それでもこの薬を欲しがる人は多勢いるだろうが、
サリアはこの薬の公表を控えている。

「実験に失敗してこんな体になってしまったと学園には言ってある。
若返りの薬があるなど知られたら、ロクなことにならないのは
分かっているからね」

小さくなり無尽蔵の体力を得たことで「たくさん研究できる」と喜んだ彼女だが、
夜すぐ眠くなってしまうのだけは困っているそうだ。

第二章

金の聖女と星の虜囚

「――――はっ⁉」

意識が覚醒し、飛び起きる。

物凄《すご》い勢いで起きたのでベッドから落ちそうになってしまうけど、すんでのところで踏みとどまる。

「はあ、はあ……あれは……夢？」

息が荒く、手汗がびっしょりだ。

原因は間違いなく寝ている時に見たあれのせいだろう。

本当にあれは実際に見たものなのかな？　それともただの夢？

「そうだ、呪いは……」

服をめくって呪いを見てみる。黒い痣《あざ》は昨日と変わらない大きさでそこにあった。

よかった。大きくなっていたらどうしようかと思った。

「あれが現実かは分からないけど、時計塔の地下は探してみた方が良さそうだね」

魔法使いの中には『予知夢』や『お告げ』を見ることができる人もいるらしい。

あの夢ももしかしたらその一種なのかもしれない。少し不気味すぎるけど。

「もう明るくなってきてるし起きようかな……ん？」

右手に違和感を覚えた僕は、そちらに目を向ける。すると、

「……っ⁉」

なんと右の手首にくっきりと痣《あざ》が出来ていた。

その場所はあの黒いなにかに握られた場所だった。

◇　◇　◇

「ようカルス！　今日も元気……じゃ、なさそうだな……？」

「へ？　何が？」

ジャックが引き攣《つ》った表情で僕を見ている。

一体どうしたんだろう。

「何がって、お前顔色悪いぞ？　保健室行った方がいいんじゃないか？」

「ああ、それクリスにも言われたよ。僕は大丈夫、ほらピンピンしてるよ。少し夜更かしし過ぎただけだから大丈夫」

「そうか？　それならいいけど、あんま無茶すんなよ？」

どうやらそんなに心配させてしまうほど、僕は顔色が悪いらしい。

原因は確実に夜起きたあの出来事だろう。クリスとジャックには心配かけちゃったね。しっかり

しないと。

「ありがとう。あんまり辛《つら》かったら保健室に行くよ」

そう言いながら机の中に手を入れる。

そして目当ての教科書を取り出すと……その上に見慣れない便箋が載っていた。

「ん？」

縁に金色の装飾が施された、高そうな封筒。

買った覚えのないそれに僕は首を傾《かし》げる。

「お、なんだそれ？　もしかして恋文《ラブレター》か？」

「茶化さないでよジャック。そんなわけないでしょ」

そんな物貰《もら》ったことないし、今後も貰うことはないと思う。

シリウス兄さんは机が溢《あふ》れかえるほど貰っていたらしいけど、僕には無縁だ。

「いやいやありえない話じゃないだろ。お前は顔もいいし勉強も出来る。あの鬼嫁がいなけりゃもっとモテてただろうに」

「鬼嫁って……誰のこと？」

「そりゃクリスのことに決まってるだろ。なに言ってんだ」

やれやれといった感じでジャックは言う。

「へ？　なんでクリスの名前が出てくるの？」

「なんでって……お前とクリスの距離感は明らかに友達より近いだろ。恋人っつうかもう夫婦レベルだぞ？　付き合っているようにしか見えねえよ。あんなおっかねえ嫁がいるんだから、そりゃ他の女子《おなご》たちは距離を取るってもんだ」

「うーん。僕は普通に友達付き合いしているつもりなんだけどなあ」

確かにクリスと一緒にいる時間は多い。学園でのほとんどの時間一緒にいると言っていいかもしれない。

でもあくまで友達として僕はクリスと付き合っている。それ以上の関係になる予定はない。

そりゃクリスみたいなかわいい子とお付き合いできたら嬉《うれ》しいけど、クリスは僕のことを男としては見ていないだろうね。だから今以上の関係にはならないと思う。

「……まあお前がそれでいいならいいや。とにかく中身を見てみようぜ」

ジャックに促され、僕は封筒を開け、中に入っていた手紙に目を通す。

「ええとなになに……『お茶会の招待状』……？」

封筒の中に入っていたのは、お茶会の招待状であった。

なんで僕にそんなものが届いたんだろう？　うーん、全く心当たりがない。

「おいカルス、その招待状って誰が出したのかは書いてないのか？」

「招待してくれた人の名前は……あった。『セシリア』さんっていうみたい。クラスは2-Aだって」

そう言った瞬間、隣にいたジャックがガッシャアン！　音を立てて盛大にずっこける。

ジャックは信じられないといった目をしながら、口をパクパクさせてる。どうしてそんなに驚いているんだろう。

「ジャック？　どうしたの？」

「お、おおお前、その名前知らないのかよ⁉」

言われてみれば確かに聞き覚えがあるかもしれない。

でもどこで見たんだっけ？　思い出せない。

「思い出せないなら言ってやるよ。その手紙の差出人、『セシリア・ラ・リリーニア』様は隣国『聖王国リリニアーナ』のお姫様にして正統な『聖女』だ。そしてなにより……お前と同じ『光魔法』の使い手だ」

「この人があの聖女……！」

聖王国リリニアーナは、レディヴィア王国の南東にある一大宗教国家だ。

光の神ライラを信仰していて、国の至る所に教会があるらしい。

『光神教』で修行し、光の魔法を修めた修道女は『聖女』と名乗ることを許される。しかもセシリアさんはただの聖女じゃなくて、なんとお姫様でもあるらしい。

王家の血を引く聖女。まさかそんな凄い人が学園にいたなんて全然知らなかった。

会うのが今から楽しみだ。

◇　◇　◇

「えーと……ここかな？」

昼休み。僕は一人で紹介状に書かれていた場所を訪れていた。

そこは自然豊かな中庭で、色とりどりのお花が咲いていた。学園にこんな綺麗《きれい》な場所があったんだ。まだまだ知らない場所がたくさんあるね。

ちなみにまだお昼ご飯は食べていない。というかお弁当を持ってくるのを忘れてしまった。あの夢の痛みのせいでボーッとしていたからだ、シズクには悪いことをしてしまった。

「そこの生徒さん、ここになんの用ですか？」

花を眺めながら歩いていると、一人の生徒に呼び止められる。

彼女の羽織っている服には光の形を模した紋章が書かれている。あれは確か聖王国の国章、つまりこの人は聖王国の関係者みたいだね。

「申し訳ありませんが、ここは一般の生徒の立ち入りが制限されています。迷ったのでしたら校舎まで案内いたしましょうか？」

「あの、僕これを貰って……」

このままでは追い返されそうだったので、机に入っていた手紙を見せる。

すると手紙を見たその人の表情は急変する。

「し、失礼しました！　まさかセシリア様のお客人とは知らず……！　すぐにご案内いたします！」

今まで毅然《きぜん》とした態度だったのに、急に物腰がやわらかくなった。

それほどまでにその聖女様は敬われているようだ。

「どうぞこちらに、セシリア様がお待ちです」

「はい」

彼女の後ろをついていき、庭の中を進む。

すると歩きながら彼女が話しかけてくる。

「今日お呼ばれしたということは、あなたがカルス様ということでよろしいですか？」

「はい、そうです」

「そうでいらっしゃいましたか。私は2‐Aに所属していますミリアと申します、どうぞお見知り置きを」

ミリアさんはどうやらセシリアさんと同じクラスみたいだ。

お姫様のお付きの人ってとこなのかな？　ちょっと色々聞いてみよう。

「この場所のことって聞いても大丈夫ですか？」

「ええもちろんでございます。この庭園は学園側の好意で用意していただいたものなのです。セシリア様に会いたいという方は多い。ゆえに他の邪魔が入らない、プライベートな空間を提供したいとここを貸してくださったのです。私のようなお仕えしている者以外が中に入ることはとても珍しいことなのですよ」

「そうだったんですね。光栄です」

確かにここは騒がしい学園内で一際静かだ。

セシリアさんも落ち着けるだろうね。

「時にカルス様は光魔法をお使いになると聞きましたが……」

「はい、使えます」

そう答えるとミリアさんの顔がパッと明るくなる。

「そうですか！　それはとても素晴らしいことです。あなたにライラ様のご加護があらんことを」

手を組み、ミリアさんは天に祈る。

聖王国の人はそのほぼ全てが光の神ライラを崇《あが》める『光神教』の教徒だ。ミリアさんもその一人なんだろう。

かつて空から舞い降り、世界に光をもたらしたとされる光の神。

そんなものが本当に存在するのかなと昔は思っていたけど、精霊が本当にいるのだからその神様も本当にいるんじゃないかと最近は思えてきた。

「私もかつては教会で修行し、光の力を持つ『聖女』を目指していました。しかし私に宿ったのは光の力ではありませんでした。深い悲しみに暮れた私ですが、今は縁あってセシリア様のお付きという大役に就かせていただきました。おかげで今はとても充実した日々を送っています」

「……そうだったんですね」

師匠は『光魔法の使い手は少ない』と言っていた。

光の神を信仰する聖王国でもなれる人は少ないんだ。僕は本当に運が良かったんだね。

「光の精霊は他の精霊と比べてそもそも数が少ないから無理もないわ。いくら強く想われても、魔力の質が良くないと寄り付かないでしょうね」

光の精霊であるセレナがそう言う。

それにしてもそのセシリアさんって人はどんな人なんだろう。光の魔法を使えて、更に王族だなんて僕と共通点が多い。仲良くなれるといいな。

「さ、着きました。この先でお待ちです」

ミリアさんに促され、オレンジ色の綺麗な花に囲まれた庭園に足を踏み入れる。

庭園の中央に置かれているのは白いテーブルと椅子。そこで彼女は待っていた。

「よくいらっしゃいました。急にお呼びたてして申し訳ありません。どうぞ座ってお寛《くつろ》ぎください」

ゆったりとしているけど、よく響く綺麗《きれい》な声。

陽の光を反射し輝く綺麗な金髪《ブロンド》を揺らしながら、聖女セシリアさんは僕に座るよう促してきた。

◆　◆　◆

本物の金糸のように輝く金髪と、体から漂う気品。

誰もが一目見ただけで彼女がただものではないと直感する。

目元を黒い布で覆っているためその顔を全て見ることは出来ないが、鼻と口元だけでその人物が絶世の美女であることは見てとれた。

「では、失礼します……」

聖女セシリアに促され、カルスは彼女に向かい合うように座る。

それを見ながら柔和な笑みを浮かべる彼女。その目の部分には金色の刺繍《ししゅう》が施された黒い布が目隠しのように巻かれている。

そのことが気になったカルスは思わず目の部分をジッと見てしまう。

「すみません気になりますよね」

「え、あ、すみません！」

見えていないはずなのに自分がそこを凝視していたことがばれ、カルスは慌てる。

しかしセシリアはそれを気にした様子はなく、むしろ楽しそうにくすくすと笑う。

「聖女はその素顔を他人に見せてはならないという『ならわし』が聖王国にはあるのです。申し訳ありませんが素顔を見せることは出来ないのです」

「へえ、そうなんですね」

「はい、お見苦しいでしょうがご容赦ください」

「見苦しいだなんてそんな。セシリアさんはとても美しい女性ですよ、目を隠していても分かります」

「み゛ゅ」

突然どこからか聞こえる、不思議な声。

カルスは猫でも現れたのかと辺りを見渡すが、何も見当たらない。

「今なにか聞こえました？」

「いえなにも」

セシリアはなにも聞こえていなかったようで、首を横に振る。

「そう、ですか……」

少し困惑しながら、カルスは席に座る。

するとセシリア自らティーポットを持ち、カルスの前に置かれたカップに紅茶を注ぎ出す。

「あ、自分でやりますよ！」

「お客人にそのようなことはさせられません。私は確かに聖王国の姫という身分ですが、学園の中においては一生徒《いちせいと》に過ぎません。対等な立場として扱ってください」

「セシリアさんがそういうなら……分かりました」

彼女の意見を尊重したカルスはそれを受け入れ、注がれた紅茶に口をつける。

すう、と爽やかな茶葉の匂いが鼻を抜け、カルスは「ふう」と息を吐く。一口飲むだけで心がリラックスする良い紅茶だった。

それを飲んだカルスは驚いたように目を見開く。

「どうですか？　舌に合いましたでしょうか？」

「……あ、はい！　とてもおいしいです」

「そうですか。それはよかったです」

手を合わせ、セシリアは顔をほころばせる。

カルスはそんな彼女をジッと見つめる。

「……」

「……」

静かで、落ち着いた時間が流れる。

お互いしばらく何も話さず見つめ合う。

普通であれば気まずくもなるはずだが、不思議と嫌な静寂ではなかった。

気まずいのではなく、話さなくてもこの場は大丈夫なのだという不思議な信頼感。心地よい静寂であった。

だがずっと喋《しゃべ》らないわけにもいかない。

紅茶を半分ほど飲んだカルスはセシリアに問いかける。

「セシリアさん、どうして僕をこの場に呼んだのですか？」

「……光魔法の使い手が魔法学園に入学したという話を聞き、一度お会いしてみたいと思っていたのです。我が国においても光魔法の使い手は珍しい、男性で使える方は特に」

聖王国において教会のバックアップを受け、聖女になれるのは『女性』のみ。

男性も光魔法を習得出来れば高い地位を目指すことができるが、女性ほど教会の力を借りることは出来ないので、その数は極めて少ないのだ。

そしてこれはカルスも知らないことだが、光の精霊は『面食い』である。ゆえに優れた容姿を持っていないと精霊に見染められないのだ。

「光《ライ》」

そう呟《つぶや》いたセシリアの右の手に光が宿る。

淡く輝く、優しい光。

自分のそれとまた違う光にカルスは目を奪われる。

その手をまっすぐカルスのもとに近づけ、セシリアは言う。

「あなたの光も見せてください」

「は、はい……」

「光《ライ》」と唱えたカルスの右手にも光が灯る。

カルスの光はセシリアの光と比べて眩《まぶ》しく、力強い。

そしてセシリアの光は淡く、優しい印象を受けた。光にも個性が出るんだな、とカルスは感じた。

「どうぞ重ねてください」

手のひらを上に向け、セシリアはカルスに手を重ねるよう促す。

カルスは彼女に促されるまま、光の灯った手を彼女の手のひらに重ね合わせる。

すると二人の光は衝突し……そしてゆっくりと溶け合い、混ざる。

曖昧になる境界、混ざり合う色。まるでお互いの心が一つになるような不思議な感覚をカルスは覚えた。

「これは『光合わせ』と呼ばれる聖王国に伝わる儀式です。反発せず、混ざり合う光を持った者同士はとても『相性』が良いと言われています」

そう言って一回カルスの手を優しくぎゅっと握り、彼女は手を引いた。

押されっぱなしのカルスは「そうなんですね……」と小さく呟く。

その後二人はたわいもない会話を続けた。

学園のこと、聖王国のこと、そして光魔法のこと。話題は尽きず二人は楽しい時間を過ごした。

そして二杯目の紅茶が空になる頃、庭園に一人の人物が現れた。

「ここにいらっしゃいましたか、カルス様」

そう言って現れたのはメイドのシズクであった。彼女の突然の出現にカルスは「え⁉」と驚く。

「なんでシズクがここにいるの？」

「忘れ物をお届けに参りました。ご学友に庭園にいると聞きましたのでこちらまで。庭園の入り口からこちらまではミリア様に事情を説明し案内していただきました」

彼女の手にはカルスが忘れたお弁当がある。どうやらわざわざ届けに来てくれたようだ。

「ごめんね学園まで来てもらって。あ、こちらセシリアさん。先輩で聖王国の聖女さんなんだ」

カルスはセシリアを手短に紹介し、お弁当を受け取る。

「食べたいけど、もうお昼休みも終わっちゃいそうだね。授業と授業の合間に食べとくよ」

そうシズクに伝えたカルスは、セシリアに向き直り頭を下げる。

「今日はお招きいただきありがとうございました。楽しかったです」

「こちらこそ楽しい時間を過ごさせていただきました。いつでもお越しくださいね」

カルスは「はい！」とそれに元気よく答えると、足早に自分のクラスへと帰っていく。

そして庭園にはセシリアとシズクの二人が残される。用件を済ませたシズクはすぐに帰る……かと思われたが、その場に留まりセシリアのことをジッと見つめていた。

「……よろしければ、シズクさんも飲まれますか？」

「それではお言葉に甘えさせていただきます」

セシリアの提案にシズクは迷うことなく乗った。

断られるだろうと思ったセシリアは少し驚くも、あくまで平静を崩さず手慣れた様子で新しいカップに紅茶を注ぐ。

その様子をジッと見ながら、シズクはずっと気になっていたことを尋ねた。

「……なぜカルス様に明かさなかったのですか？　シシィ様」

シズクの言葉を聞いたセシリアの手がガチャガチャ！　と震え、危うく紅茶を盛大にこぼしそうになる。

今までの気品溢れる仕草はどこへやら、セシリアは挙動不審になり、冷や汗をダラダラと流す。

彼女はゆっくりとこぼさぬようポットをテーブルの上に置くと、意を結したように、目を覆う黒い布に手をかけそれを外す。

その下から現れたのはうるうると潤む綺麗な碧眼《へきがん》。

成長し、大人の女性になってもその瞳は、幼い頃のままであった。

「な、なんで分かったんですか……!?」

そしてあの頃と変わらない、弱々しい儚《はかな》げな口調で、彼女はそれを認めた。

かつてカルスの師となり、光魔法を教えた少女シシィ。

自らの体を犠牲にしてまでカルスの成長を促した彼女の力がなければ、カルスは『光の治癒《ラ・ヒール》』を短期間で習得することは出来なかったであろう。

あの日屋敷で別れて以降、カルスとシシィは数度文通したのみで再会することはなかった。

だがあれから五年経ち、二人はとうとう再会した。

しかしシシィとしてではなく、聖女セシリアとして。

「なんで私だと分かったのですか……？　結構見た目は変わったと思うのですが……」

「確かにシシィ様は立派に成長なされました。色々と」

そう言ってシズクは彼女の胸をジッと見る。

そこにそびえ立つ立派な双丘は、シズクのそれに負けずとも劣らない。同級生と比べたらその戦力差は圧倒的と言って差し支えない。

「しかし細かい所作……喋る時のくせや呼吸の仕方、手癖などはそう簡単に誤魔化せません。私はそれを見極めることが得意なのです」

かつて暗部としての訓練を受けていたシズクの洞察力と分析力は非常に高い。特に人を見分ける能力は常人のそれを遥《はる》かに凌駕《りょうが》している。

それを聞きシシィは感心したように言う。

「それで分かってしまうとは凄いですね。さすがシズクさんです」

そう柔和に微笑む彼女は、五年前のあどけない彼女そのものだった。

目隠しを外す前の凛《りん》とした彼女とは大違いだ。

「それにしてもまさかシシィ様が聖女、しかも王族であらせられたとは。全く気がつきませんでした」

「あの時は身分を隠していましたからね。申し訳ないとは思っていましたが、ゴーリィ様の配慮でそういたしました」

存在を抹消されている王子のもとに、他国の姫が行く。

もし公になれば間違いなく問題になるだろう。ゴーリィの配慮は当然のものであった。

「あの頃とは立場が変わってしまいましたが、変にかしこまらず昔と同じように接していただけると嬉しいです。最近は楽しくお喋りできる機会も減ってしまったので」

「……かしこまりました。ではそのようにさせていただきます」

シズクの返事にシシィは嬉しそうに笑みを浮かべる。

「私は聖女という役割を誇りに思っています。しかし……やはり時々どうしても寂しい気持ちになってしまいます。普段はこの目隠しの下に隠せているのですけどね」

その目隠しは、シシィにとって仮面のようなものだった。

聖女という仮面。これをつけている時、彼女は聖王国の聖女として振る舞うことができる。しかしその下には今も気弱で優しい少女が確かに生きていた。

それを知ったシズクは、気になっていたことを尋ねる。

「ではどうしてカルス様に正体を明かされなかったのですか？　カルス様であれば昔のままの貴女《あなた》を受け入れてくださったでしょう」

そう問われたシシィは体をビクッと一回震わせる。

そして思いもしない意外な返事をする。

「だ、だって……すっごくかっこよくなってるんですもん！」

その返事にシズクはぽかんと口を開ける。

一方シシィは早口で捲《まく》し立てるように話す。

「わ、私も言おうとしたんですよ？　でも大きくなられたカルス様がかっこよすぎて……目隠しを外せなかったんですぅ！　うう、情けないと罵ってください……」

シシィの目隠しは、ある程度外を見ることのできる特殊な作りになっている。

なので彼女はカルスの顔をおぼろげながら見ることが出来た。しかしその状態で心臓が限界になってしまったので目隠しを外すことが出来なかったのだ。

あまりに情けない告白。顔を真っ赤にする彼女だが、シズクはそんな彼女の手を優しく握る。そして、力強く言う。

「その気持ち……すっごいよく分かります」

「へ？」

予想だにしないその言葉に、シシィは間の抜けた声を出す。

そんな理由で？　と言われるならまだ分かる。まさか賛同されるなど思わなかった。

「すごい分かる。と、言ったのです。私はずっとお側にいたのでゆっくり慣れることが出来ましたが、シシィ様は五年ぶりにお会いになりました。直視出来ないのも当然です。なんら恥じることはありません」

「そ……そうですよね！　良かった、私は普通ですよね⁉」

決して普通ではないのだが、この場にそれを指摘するものはいない。

しかしそれはシシィにとって救いとなった。

このように胸の内を素直に話せる機会はそうそうない。

聖女としてでなく、王女としてでもない。ただの一人の少女としての気持ちで彼女は会話を楽しむ。

「時間ならあります。ぜひゆっくりとカルス様と親交を深め、慣れてください。カルス様もシシィ様にお会いするのを楽しみにしてます。早く明かせるようになるといいですね」

「はい、ありがとうございます。このままずっと明かせなかったらどうしようと不安になってたんです。シズクさんが味方になってくれて本当に良かったです」

そう言って無邪気に喜ぶ彼女を見て、無表情なシズクも思わず笑みをこぼす。

自分が敬愛する主人を慕ってくれる人がいることは、彼女にとってもとても喜ばしいことであった。

「あ、でも私がカルス様と仲良くしてしまって大丈夫なのでしょうか？　シズクさんもカルス様のことを……」

シシィは申し訳なさそうな顔で尋ねる。

シズクが主人にどのような気持ちを向けているか、彼女も薄々勘づいていた。もしシズクと争うようなことになってしまったら悲しい。なのでシシィは直接そのことを尋ねた。

「構いませんとも。私はカルス様が最期《さいご》の時まで、側に仕えることが出来ればそれでよいのです。たとえ奥方が百人出来ようと、私がカルス様と深い仲になれなかったとしても、私は構わないのです」

「……そこまで想っていらっしゃるなんて。カルス様は幸せ者ですね」

彼女の覚悟を聞き、シシィは自分の未熟さを知った。

私欲ではない純粋な『忠義』。その強さを目《ま》の当たりにした。

「とはいえカルス様のお相手は厳しく審査するつもりです。いくらシシィ様といえど、私は厳しく審査いたしますからね？」

「ふふ。それは……頑張らないといけませんね」

冗談めかして言うシズクを見て、シシィは笑う。

「カルス様は大変な宿命を背負って生まれました。きっとこの先もたくさんの苦難に見舞われることでしょう。それを支える人は多ければ多い方がいい。光魔法を使うことのできるシシィ様はきっと誰よりもカルス様の力になれると思います。どうかお力を貸していただけないでしょうか？」

手を握り、頭を下げるシズク。

優柔不断なシシィだが、その頼みに返事をするのに時間はかからなかった。

「はい、任せてください。この力、喜んでお貸しします」

「ありがとうございます……」

シズクは心からの感謝の言葉を述べ、面を上げる。

目の周りが少し赤くなっている気がしたが、シシィはそれを指摘しなかった。

「学園の近くに家を借りています。どうぞいつでも遊びにいらしてください、カルス様もきっと喜びます」

「わ、わかりました。覚悟が決まったら行ってみます！」

シシィはそう意気込む。

奥手な彼女の覚悟が決まるのはいつになるのかと、シズクは不安になる。

なので意地悪だが、彼女の背中を強めに押すことにした。

「カルス様は毎日、同じクラスの『女性』と通学しています。しかもその方はシシィ様と出会うより前に出会ったお方。あまりうかうかしておられると……『手遅れ』になるやもしれませんよ？」

「な、なななな……っ！」

慌てふためくシシィ。そのかわいらしい反応に思わずシズクは頬を緩める。

「さて、それではそろそろ私はお暇いたします。また会える時を楽しみにしてますね」

「あ、いや、ちょっとさっきの話、詳しく教えてくださいよ！」

制止を聞かず、去っていくシズク。

その背中を見ながら、シシィは「もっとしっかりしなくちゃ……」と心に刻むのだった。

◆　◆　◆

お茶会をした日の放課後。

僕は一人で時計塔へと向かっていた。

お目当てはもちろん夢に出たあいつが言っていた、時計塔の地下にあるというなにかだ。

僕の体の中にいるなにか。あれの言うことは信用出来ないけど、確認はしておいた方がいいと思う。

もちろん罠《わな》である可能性もあるので、用心して頼もしい味方も連れてきている。

「私を頼るなんていい判断ね。大船に乗ったつもりでいなさい」

鼻高々にそう言うのはクリス。

なにか起きた時、助けを呼びに行ってくれればいいと言ったのだけど、本人は自分で解決する気満々だった。クリスの強さは確かだけど、空回りしないか少し心配だ。

「地下迷宮を探すなんてワクワクするわね。楽しみだわ」

ちなみにクリスには地下迷宮の入口を探すとしか言っていない。

呪いのことを知らない彼女に全てを話すことは出来ない。協力してもらって隠し事をするのは心苦しいけど……仕方がない。

呪いのことを知ったらクリスは必ず力になってくれようとする。

こんな大変で危険なことに巻き込むわけにはいかないからね。

「さ、早く行くわよカルス！」

「うん。今行く」

待ち切れないとばかりに歩き出すクリスを、小走りで追う。

今回誘ったのも少し心が痛かったけど、楽しんでくれているみたいで良かった。

何事もなく平和に終わるといいけど……と、思っていると早速トラブルが起こる。

「なによあんたら」

聞こえてきたのはクリスの不機嫌そうな声。

彼女の前には見知らぬ生徒が三人ほど道を塞ぐように立っていて、僕たちの行く手を塞いでいた。

全員男子生徒で、知らない顔だ。

その中には大柄でおっかなそうな生徒もいる。こっちを見下すように見ていて……なんだか少し嫌な感じだ。

「……僕たちになにかご用でしょうか」

そう尋ねると、中央にいた男子生徒が前に出てくる。

他の二人はこの人に遠慮している感じだ。どうやらこの人がリーダーみたいだね。

「初めまして。君が1-A所属のカルスで間違いないかな?」

「はい、そうですけど……」

身構えていたけど、思ったよりフレンドリーに話しかけられた。

これなら大丈夫そう……かな?

「私は一年の上流クラス所属、マルス・レッセフェード。今日は君の勧誘に来たんだ」

「勧誘、ですか?」

「ああ。君に私の『派閥』に入ってもらおうと思ってね」

派閥。

聞き慣れないその単語に首を傾げる。

魔法学園にそんな制度があるなんて聞いていない。まだ説明されてないだけの可能性もあるけど、なんだか少しきな臭く感じるなあ。

「派閥っていったいなんのことでしょうか？」

「レッセフェード家は名家。君はそこの跡取りの下につけるんだ。光栄な話だろう？」

駄目だ、話が通じていない。

どうしようと悩んでいると、クリスがずいと前に出てきて大きな声でまくし立てる。

「派閥だかなんだか知らないけどどいてくれる⁉　邪魔なのよあんたら‼」

「な、邪魔……っ⁉」

クリスの歯に衣着せぬ物言いにショックを受けたのか、マルスさんは固まる。

マルスさんには悪いけど、ちょっとスカッとした。

「無礼だぞ女。マルス様になんて口を利きやがる」

マルスさんの後ろに控えていた大柄の男子生徒がクリスを睨《にら》みつける。

彼は本当に同じ学生なのかと思うくらい大きくて厳《いか》つくておっかない見た目をしている。

だけどクリスに全く動じている様子はない。それどころかその男子生徒の方を向いて挑発するような笑みを浮かべる。

「あら、喋れたのね。てっきりご主人様の許しがなきゃ話せない置物かと思ったわ」

「平民風情が……どうやら躾《しつけ》が必要みたいだな……！」

怒りを顕《あらわ》にする男子生徒。一触即発の空気が流れる。

なんでそう火に油を注ぐようなことを言っちゃうかな……。

「よせマイク。今日は喧嘩《けんか》をしに来たわけじゃない」

マルスさんがそう諫《いさ》めると、マイクと呼ばれた大柄の生徒は「……はい」と不服そうだが従う。

ふう。ひとまずここで戦うことにはならなそうで安心した。

「怖がらせて悪かったね。彼は少し忠誠心が強過ぎてね」

「別に構わないわ。全く怖くなかったし」

「……そうかい」

眉をピクリと動かすマルスさん。

内心かなり怒ってそうだけど、表情に出さないよう頑張ってるみたいだ。

喧嘩をしに来たわけじゃないという言葉に嘘《うそ》はなさそうだね。今日はという言葉は少し気がかりだけど。

「話を戻そう。私はこの学園で名を上げるつもりだ。有望な生徒を配下にし、レッセフェード家の力を盤石のものとし、その力を誇示する。もちろん配下になった者にはそれ相応の褒美を用意するつもりだ。勝ち馬に乗るなら早い方がいいと君も思わないかい？」

「はあ……」

これはかなり面倒くさそうな話に巻き込まれたみたいだ。クリスなんか興味がないのか隣で「ふあ……」と大きな欠伸《あくび》をしている。

貴族は舐《な》められたら終わりと聞いたことがある。そのために自分を大きく見せることを何よりも重要視するらしい。

それは知っていたけど、まさか魔法学園で堂々とそんなことをするなんて……。

しかも貴族同士だけでやるならまだしも、一般生徒も巻き込むなんて。信じられない。

「私のもとには既にたくさんの生徒が集まっている。このままいけば半年もかからず魔法学園を掌握出来るだろう」

自慢げに語るマルスさん。

そう簡単にいくとは思えないけど、本当のところはどうなんだろう。

勧誘を成功させるために話を盛っている可能性は高い。

「だけどそんな私の活動をよく思わない貴族もいてね。急ぎ力を貸してくれる生徒を集めているんだ。

「なるほど……」

さて、どうしようか。

当然だけど彼の配下になるという選択肢は、ない。

やることはいくらでもある、そんなことに付き合う時間はないからだ。

でも「嫌です」と言うだけで引いてくれる相手だろうか？　見るからに力自慢です、という生徒を連れているのは強硬手段も辞さないという表れだと思う。

うーん……なんとかことを荒立てず、この場を切り抜ける方法はないかな……。

そう考えているとクリスが僕の肩をぽんと叩《たた》く。

「カルス。あんたは優しすぎんのよ。どうせ穏便に済ませる方法はないか考えてるんでしょうけど、力ずくでやった方がいい場合もあるのよ」

そう言ってクリスは腰に差した愛剣を抜き放つ。

柄頭《つかがしら》に赤く輝く宝石が埋め込まれた美しい剣、確か名前は『ルビーローズ』、この前そう教えてもらった。

クリス曰《いわ》くかなりの業物らしく、美術品としての価値も含めると目が飛び出るほどの値がつく凄い剣らしい。

当然それは父親である剣聖ジークさんがクリスに与えたもので、ジークさんの娘愛の強さを感じる。

「さっさとどきなさい。私はカルスみたいに優しくないわよ」

クリスは日の光を浴びて輝く刀身に指を添える。

そして体から魔力を噴き出し……魔法を発動する。

「炎の武器《フ・アルム》！」

空に掲げた剣から巨大な炎が昇る。

近くにいるだけで汗が噴き出るほどの熱量。入学試験の時と同じ魔法だけど、その熱量はあの時とは比べ物にならないほど高い……！

「な……っ！」

クリスの突然の行動にマルスさんたちは焦った表情を浮かべる。

いくら強気でもクリスはかわいい女の子だ。まさかいきなり剣を抜いて斬りかかってくるなんて思わなかったんだろう。僕だってびっくりしてるんだから驚いて当然だ。

「退きな――――さいっ！」

クリスは叫びながら燃え盛る剣を振り下ろす。

辺りに響く轟音《ごうおん》と、巻き起こる土煙。

剣が振り下ろされた場所には立派な石畳があったけど、クリスの一撃で粉々に砕けてしまっていた。凄い威力だ……。

「ほらカルス。行くわよ」

視線を上に上げる。

僕たちの行こうとした方向には、もう誰もいなかった。

マルスさんたちは横に飛び退き、少し離れた位置からクリスのことを「信じられない」といった目で見ている。もう勧誘どころではなさそうだ。

クリスのやったことは確かに乱暴だったけど、確かにこれが一番良い方法だったかもしれない。

結果的にお互い傷つかずこの場を離れられるのだから。

「どうしたの？　早く行きましょ」

「うん。ちょっと待ってね」

右手を地面に向け、集中する。

「光《ラ》の治療《・ヒール》」

手から放たれた光の粒子が、粉々になった石畳に吸い込まれる。

すると壊れた石畳がガタガタと動き出し、元あった位置に戻り、くっつく。

煤《すす》がついていて完全に元通りとはいかないけど、これなら通行に支障は出ないだろう。

「ありがとう、助かるわ」

「でも後で先生に報告には行くからね。壊したことには変わらないんだから」

「うげ。わ、分かったわよ……」

落ち込むクリスと共に、開けた道の真ん中を進む。

すると後ろからマルスさんに話しかけられる。

「これで終わりじゃないからな」

「……失礼します」

振り返ることなく、僕たちは進む。

首の後ろに突き刺さる視線は、しばらく消えることはなかった。

◇　◇　◇

時計塔の入り口についた僕は、入り口にかかった魔法錠に触れて魔力を流す。

するとガコッ、という音とともに魔法錠が開く。

ちゃんと僕の魔力を記録してくれていたみたいだ。

「この中にその先輩がいるのね」

「うん。人見知りだって言ってたからあんまり距離を詰めないようにしてね」

「分かってるわよそれぐらい」

道中時計塔のこととサリアさんのことはクリスに説明した。

説明したけど……大丈夫かなあ。

二人の相性はあまり良くないように思える。言い合いになったりしなければいいけど。

「おじゃましまーす」

不安を抱えながら、中に入る。

時計塔の中は相変わらず暗くてよく見えなかった。

サリアさんはいるのかな？

「暗いところね……」

クリスも少し警戒しながら入ってくる。

二人でキョロキョロと辺りを見渡すけど、人気《ひとけ》はない。上の階にいるのかな？

「先輩、いますかー？」

そう呼びかけてみると、魔道具が積み重なって出来た突然山がガタガタと動き、崩れる。

驚いたクリスは「きゃ！」とかわいい悲鳴を出す。

けほけほ、と埃《ほこり》にむせながらサリアさんが山の中から現れた。

まさかこんな所にいたなんて、いつか生き埋めになっていそうで怖い。

「おや、後輩くんじゃあないか。さっそく来るとは感心だねぇ」

サリアさんの視線がクリスでピタリと止まる。

そしてサリアさんは口を開けたまま静止《フリーズ》してしまう。流れる冷や汗、震える手。どうやら人見知りが発動してしまったみたいだ。

このままじゃマズい、なんとかフォローしないと。

「サリアさん。この人が……」

「初めまして。私はクリス・ラミアレッドと申します」

クリスのことを説明しようとすると、クリスが割り込んできて自己紹介をする。いつもの強気な態度はなりを潜め、友好的な笑みを浮かべている。

サリアさんは「そ、そうかい。よろしく」とまだ動揺はしているけどさっきよりは警戒が解けている様子だ。

「突然お邪魔して申し訳ありません。少しだけお時間いただいてもよろしいでしょうか?」

「か、構わないさ、好きにしてくれたまえ」

「ありがとうございます。サリア先輩は優しいですね」

ぼ、僕はいったい何を見てるんだろうか。

あのクリスがちゃんと敬語と気を使って話している。し、信じられない……。

サリアさんもすっかり警戒を解いているし、不安に思っていたのが馬鹿みたいだ。

「そうだ。丁度珈琲《コーヒー》を淹《い》れていたところなんだ。せっかくだから君たちも飲んでいくといい。話は飲みながらでもいいだろう」

そう言ってサリアさんは一人で階段を上っていく。

一階には僕とクリスだけが残された。

「……なにポカンとしてんのよ」

「え？　あ、あぁごめん！」

クリスはやれやれといった感じで僕を見る。

もういつもの感じに戻っているみたいだ。

「大方私が敬語を使っているのを見て驚いていたんでしょう？」

「う、うん。ごめん、クリスがあんな風に人と接しているところ、初めて見たからびっくりしちゃった」

「私だっていつまでも子どもじゃない。人によって態度くらい変えられるわ」

クリスは呆《あき》れ半分、ドヤ顔半分で言う。

五年間で鍛えたのは剣と魔法の腕だけじゃなかったみたいだ。

「でもさっきのマルスさんたちにはいつも通りじゃなかった？」

「あいつらはいいのよ。どうせ下手に出たら調子に乗るタイプだし」

確かにそうかもしれない。

調子に乗っているあの人たちの顔がありありと想像出来る。

「だけどサリアさんはあいつらとは違ってカルスがお世話になっている人でしょ？　じゃあ礼は尽くさないと失礼にあたる。あんたの顔を潰すような真似《まね》はしないわ」

そう言ったクリスは階段の方に歩き出す。

……まさか僕のことを考えてまでの行動だったなんて。胸がジーンと感動している。

クリスに失望されないように、僕ももっと頑張らないと。


二階に上がった僕たちは、珈琲を飲みながらサリアさんに事情を説明した。

地下迷宮がこの時計塔に下にあるかもしれないこと。そしてその入り口を探していること。

話を聞いたサリアさんはしばらく考え込んだ後、口を開く。

「ふむん、王都地下迷宮か。どこで知り得たのかは知らないが、その入口が時計塔にあるかもしれないという君の推理はなかなか鋭いぞ。さすが未来の助手候補だ」

勝手に助手候補にされてる。この前は名誉研究員とか言ってた気がするけど……適当な人だ。

いや今はそれはいい。それよりも『君の推理はなかなか鋭い』の部分が気になる。

「地下迷宮についてなにか知っているのですか？」

「まあね。ついてくるといい」

残った珈琲を一気に胃に納めたサリアさんは、階段を下りて一階に向かう。

僕とクリスもその後に続く。

「どこに行くのかしら」

「さあ……一階には何もなかったと思うんだけど」

一階に着いたサリアさんは、時計塔の隅に行くと床を探り始める。

そして「お、ここだここだ」と呟くと、床板を摑《つか》んで外そうとする。

「おっとっと」

「あ、手伝います！」

バランスを崩して倒れそうになるサリアさんを受け止め、床板を外すのを手伝う。

すると床板の下から石の扉のような物が姿を現した。

「こ、これは……⁉」

その分厚い石の扉のような物は、まるで地下に続く道を塞いでいるかに見える。

まさかこんな物が時計塔に隠されていたなんて！

「興味深いだろう。この石に刻まれているのは、千年以上前の時代に使われていた紋様だ。一体この下に何が眠っているのか、君も気になるだろう？」

「せ、千年……」

ということはレディヴィア王国ができるよりもずっと前からこの扉はあることになる。

となるとご先祖様が倒した『魔の者』関連か、もしかしたらそれより前の時代のものかもしれない。

話が大きくなってきたぞ……。

「この扉は魔法で隠されていた。しかし実験中に起きた爆発でそれが解けてしまったみたいで、偶然見つけたのだよ。怪我の功名ってやつだね。だからこの扉の存在は私しか知らない」

「え、爆発って頻繁に起きてるわけじゃないですよね……？」

魔法が解けるほどの爆発なんて怖過ぎる。そうそうそんな爆発は起きないと言ってほしかったけど、サリアさんはその質問には答えてくれなかった。怖過ぎる……。

「この扉は開くんですか？」

「色んな方法を試したけどビクともしなかったよ。この紋様がなにかの『鍵』になると思うのだがねえ」

そう言ってサリアさんは扉に描かれた紋様を手でなぞる。

「私が調べた結果、この紋様は『光』と『闇』が『星』を覆う姿を表していることまでは分かった。いったい何を意味しているのだろうね、非常に興味深いよ」

僕はしゃがみ込み、石の扉をよく観察する。

この下には何があるんだろう。やっぱり地下迷宮につながっているのかな？

そんなことを考えていると、クリスが扉の側までやって来る。

「この扉を開ければいいのよね？　任せなさい！」

そう言うやクリスは愛剣ルビーローズを抜き放ち、頭上に振りかぶる。

ま、まさか……。

「クリス、やめ――――」

「えいっ!!」

石畳を砕いた時同様、クリスは剣を地面に思い切り振り下ろした。

周りに物があることを考慮してか魔法こそ使わなかったけど、その速さは凄まじい。本気でやっているのが分かる。

クリスは子どもの頃から岩を叩き切ることが出来ていた。成長した今なら確かにこの岩を斬ることも出来るかもしれない。そう思ったけど、

「きゃあ⁉」

岩が砕けるところか、逆にクリスが吹き飛ばされてしまった。

クリスは空中に飛ばされながらも器用に体を回転させ、上手に着地する。さすがの運動神経だ。

それよりも今、クリスが斬った瞬間、扉に障壁《バリア》のような物が見えた。どうやら力ずくで扉を壊すのは難しいみたいだ。

「こ、後輩くん⁉　なんだね彼女はいきなり！　危ないじゃないか！」

突然のクリスの行動に驚いたサリアさんは、尻もちをつきながら怒る。

腰を抜かしてしまったらしい。手を引っ張って体を起こす手伝いをする。

「はは、すみません。ちょっとお転婆なところがあって」

「いきなり剣を抜いて斬りかかるのはお転婆ってレベルじゃないよ！　かわいい後輩がまた一人増えたと思っていたのにぃ！」

サリアさんはガクリと項垂《うなだ》れる。

思ったよりも早くクリスの本性がバレちゃったね。

「いたた……なにこの扉。こんな硬い岩初めてよ」

「どうやら魔法効果がかけられているみたいだね。周りに被害が出ちゃうし、力ずくはやめておいた方が良さそうだね」

でも魔法的なアプローチなら既にサリアさんが試しているはずだ。となると僕がその方向で開けようとしても難しいだろうね。

どうしよう。悩みながら僕もしゃがんで扉に触れる。すると、

「うわっ⁉　なに⁉」

なんと急に扉の紋様が光り出した。

そしてゴゴゴゴ、という音とともに扉がゆっくりと動き出す。

「こ、後輩くぅん⁉　今度はいったい何をしたんだい⁉」

「僕も分かりませんよぉ！」

「ひとまず離れた方がいいわ！　こっち！」

クリスに引っ張られるまま一旦扉から距離を取って、その様子を見守る。

まるで地震が起きたかのように揺れる時計塔。なんか壁からミシシ……って嫌な音がするけど倒れたりしないよね？

「見たまえ後輩くん。扉が開いたぞ。まったく、君には驚かされっぱなしだな」

「ぼ、僕も驚いてますけどね……」

扉の下から現れたのは、地下へ続く階段。

それはかなり深くまで続いているみたいで、下の方は暗くてまったく見えない。

「なんで開いたのかは分からないが、それを考えるのは後にしよう。大事なのはこの下に何があるか、だ。さっそく探検と洒落込《しゃれこ》もうじゃあないか」

ウキウキした感じで地下へと向かおうとする先輩。インドア派なのに行動力が高い。

さすがに先輩を一人で行かせるのは不安だ。僕も地下に何があるのかは気になるので後についていく。すると、

「さて、さっそく降り……みぎゃ！」

変な声と共にサリアさんが突然後ろに吹き飛ぶ。

たまたまそこにいたからなんとかキャッチ出来たけど危なかった……。

「だ、大丈夫ですか⁉」

「いつつ……びっくりした。ナイスキャッチだ後輩くん、助かったよ」

パンパンと埃を払った先輩は自分の足で立ち、扉の方を見る。

「入ろうとした瞬間、結界のような物で弾かれてしまった。どうやら私は招かれざる客だったようだね」

「私もちょっと試してみるわ」

クリスは再び剣を抜いて、剣先を入り口に入れようとする。

するとさっきのサリアさんと同じように、剣が見えない何かに弾かれてしまう。

いったいどうすればいいんだろう、そう困っているとサリアさんが僕のことを見る。

「私とクリスくんは駄目だったが、君なら行けるかもしれない。なんたってあの扉は君が触って開

いたんだ、可能性は高い」

「確かに。試してみてもいいんじゃない？」

二人に勧められ、僕も挑戦してみることにする。

おっかなびっくり階段へ足を踏み入れる。

すると僕も二人と同じように弾かれ……なかった。普通に入れる。

それを確認したサリアさんはニヤリと笑みを浮かべる。

「どうやら決まり、みたいだね。君は招かれているようだ」

「まさか本当に入れるなんて。ど、どうしたらいいでしょうか？」

正直こんな得体の知れない穴に入っていくのは怖い。

誰か先生とかに相談したほうがいいのかな？

「この階段が魔術協会に知られたら、私たちには二度とここを探索する機会は与えられないだろう。君がこの先にあるものに興味があるのなら……行くべきだ。君が決めるといい」

「僕が……決める」

この下に何があるのかはわからない。

でも僕の中にあるなにかが言っていたことと、僕しか入れないところを見るに、呪いに関係がある可能性は高い。

ちらとクリスの方を見る。するとクリスは僕の意図を読んでくれて、彼女の考えを話してくれる。

「私はこの中に入ることが出来ないから、あんたを守れない。正直こんな危なそうな所にカルスを一人で行かせたくはない。だけど私もカルスの考えを尊重する。あんたが決めなさい」

クリスも僕の考えを尊重してくれた。

本当は僕一人で行かせることが嫌なのにそう言ってくれたんだ。半端な気持ちで決断することは出来ない。

僕は悩みに悩んで……結論を出す。

「僕は……行きたいです。たとえ危険だとしても」

そう言うとサリアさんとクリスは嬉しそうに笑みを浮かべ、二人して僕の背中をバシッと叩く。

「よく言った、それでこそ我が未来の助手くんだ。人は知るのをやめた時に進化が止まる。行きたまえ、しばらく経っても戻らなかった時は応援を呼び助けに行く」

「ええ。その時はこんなバリア私がぶっ壊してあげる」

「ありがとうございます。それじゃあ……行ってきます！」

二人に後押しされ、僕は真っ暗な階段を下り地下へと足を踏み入れる。

「……本当に真っ暗だね、光在れ《ライ・ロ》」

光の玉を出して、目の前を照らす。

階段はずっと下まで続いている、どこまで下がるんだろ。

「足元に気をつけなさい。もし転んだら下まで転がり落ちるわよ」

階段を下りていると、相棒のセレナが出てきてそう心配してくれた。他の人がいる時は姿を消していることが多い彼女だけど、二人きりの時はよく出てきて話しかけてくれる。

「セレナも中に入れて良かったよ。一人じゃ魔法も使えないからね」

「どんな敵が出てきても返り討ちにしてあげる。安心しなさい」

ふふん、とセレナは得意げに言う。

頼りになる相棒だ。

「それにしても不思議な所ね。冷たい魔力が充満しているわ」

「冷たい魔力かあ。確かに実際ここ寒いんだよね」

下がれば下がるほど、空気はひんやりしてくる。

我慢出来ないほどじゃないけど、結構寒い。

「……あ、終わりが見えてきた」

階段を下って約十分。とうとう僕は一番下までたどり着く。

セレナとアイコンタクトを取り、警戒心を高める。急になにかが襲ってくる可能性もある。

用心するに越したことはない。

「よし、入るぞ……」

階段を下りきった先、そこは円形の部屋になっていた。そこそこ広くて、部屋の端には机や本棚がある。

そのどれもが古くて埃を被っている。最近人が入った形跡はなさそうだね。

なにより一番気になるのは、部屋の中央に置かれた石の椅子とそれに座っている存在だった。

「あれって……人形？　それとももしかして死体じゃないよね？」

その椅子には青い髪の女性が座っていた。

真っ白な肌の、美しい女性。歳は僕と同じくらいだろうか。まるで作り物みたいに綺麗な人だ。

その女性の両手の甲には石の短剣が突き刺さっていて、椅子の肘かけごと貫かれて固定されている。

「酷い……」

よく見れば足の甲にも短剣は突き刺さっていて、床に縫い付けられている。

とどめとばかりに胸には石の槍《やり》が突き刺さり背もたれごと彼女を貫いている。

「人形だとしても酷いよ。誰がこんなことを」

絶対にここから逃さない。そんな強い意志を感じる。いったい誰がなんのためにこんなことをしたんだろう。

あまりジロジロと見るのも気が乗らないけど、先に続く道もない。この部屋を調べることしか僕には出来ない。

「……なにか分かるかもしれない。近づいてよく調べてみよう」

そう思って石の椅子のもとへ近づいたその瞬間、驚くべきことが起こる。

「————何年ぶりか、ここに人が来るのは」

部屋に響く、透き通った声。

その声は……椅子に座る女性から発せられた。

ゆっくりと青い瞳を開けた彼女は、僕のことをじっと見つめ、薄く笑みを浮かべる。

「歓迎するよ少年。ようこそ私の『牢獄《ろうごく》』へ」

「な……っ⁉」

手足と胸を貫かれ、長い間地下室に閉じ込められていたはずなのに、その人は僕のことをまっすぐに見据えてしっかりと喋った。

魔力で動く人形、ゴーレムじゃないかとも考えたけど、それにしては動きや表情があまりにも人に近い。

「生きて、るんですか……？」

「ふむ、面白い質問だ。君の『生きている』の定義にもよると思うが……私はちゃんと呼吸をし、循環し、生命活動を行っている。君の言う『生きている』の定義に当てはまっているとは思うが、どうだろうか？」

「えっとじゃあ生きてる……んですかね？」

よく分からないけど、ひとまずそういうことにしておこう。

それよりまずは話を聞かないと。この人は僕の知らないことを知っているはず。そしてそれはきっと呪いを解く大きな手がかりになるはずだ。

「僕の名前はカルスといいます。あなたのお名前を教えていただけますか？」

「いいとも。私はせ――」

「ちょっとカルス！　この子いったい何者なの⁉」

謎の女性の言葉は、相棒のセレナの乱入によりかき消される。

いったいどうしたんだろう？

「この人、普通の魔力じゃないわ！　もっとそう……私たち精霊に近い魔力をしている。こんな人、今まで見たことない……！」

動揺した様子のセレナ。こんなに取り乱した彼女を見るのは初めてだ。

それほどまでにこの人の存在は『異質』なものなんだ。

その辺も含めて色々話を聞いてみよう。

「すみませんセレナが話を中断してしまって。続きを……ん？」

そう言って僕は違和感に気がつく。

この人、今セレナの言葉に反応して喋るのをやめなかった？

しかも彼女は驚いたようにセレナの方を見ている。

「あなたには見えているんですか？　精霊の姿が……！」

「……そうか。今の人間は見ることすら出来なくなっているのか。嘆かわしいことだ」

そう言って彼女は残念そうに目を細める。

間違いない。この人にはセレナが見えている。そしてこの人が活動していた時期……どれほど昔かは分からないけど、その時代の人は精霊を見ることが出来たんだ。

「改めて。私の名前はルナ、聖なる月の守護者にしてこの牢獄の虜囚。そして君が察している通り、昔の時代の魔法使いだ」

「――――っ!!」

遥か昔、まだ神様がいた時代。精霊と魔法使いは共存していて、魔法使いの力は今よりずっと強かったと聞いたことがある。この人はその時代の人ってこと⁉

でも神様がいたのは千五百年以上前の話だ。普通の人間が生きていられるはずがない。だけど僕にはこの人が嘘をついているようには見えなかった。

ひとまず色々話を聞いてみよう。

「えっと虜囚、っていうのは……？」

「言葉のままだ。私はこの地下空間に囚われ、動くことが出来ない。この体に刺さる刃は特別製で私の力を封じる力がある。並の魔法使いでは触れるだけで死に至る強力な呪具、君は中々の魔力を持っているようだが……触らぬほうが身のためだ」

「わ、分かりました」

そんな恐ろしい物だったなんて。

それにしてもそんな代物が刺さっていても平気なルナさんは何者なんだろう。底が知れないや。

「えっと、なんでルナさんがこんな所に囚われているかは聞いても大丈夫ですか？」

「ああいいとも。遠き時代、私は唯一にして絶対の『月の魔法使い』であった。信徒も多く、大勢の者が私を慕い、敬っていた。しかし同時に私は多くの者に恨まれてもいた」

目を伏せ、自嘲気味に彼女は語る。

怒りか悲しみか無力感か。その真意は僕には量れなかった。

「私の力を恐れた五人の魔法使いは、不意を突きこの椅子に私を縛り付けた。決して逃げられぬよう、神をも縛り付ける呪具を五つも用いて、な。そして地下深くに私を幽閉し、開かぬ扉で封をした。全く、念入りな奴らだよ」

ルナさんの話を聞くに、彼女はかつてこの地を統べていた『魔の者』とは関係なさそうだ。

神がいたとされる時代は千五百年前、魔の者がこの大陸に現れたのは約千年前。五百年ものズレがある。

「ちなみに今から五百年前、地上には恐ろしい生き物がたくさんいたのですが、そのことは知っていますか？」

「ふむ、確かにそれくらいの時期に、外界から邪悪な魔力を感じた記憶はある。私はずっと幽閉されていたので見てはいないがな」

「……そうですか」

ルナさんの言っていることが嘘じゃないなら、やっぱり彼女は魔の者、そしてこの王国とも関係なさそうだ。地下迷宮とも関係はなさそうかな？

「────と、こんなところだ。恨みを買い、後ろから刺される。古今東西よくある話だ。つまらない話で悪いな」

「いえ、とても興味深いお話でした。ありがとうございます」

彼女から聞いた話を必死に脳に刻み込む。

こんな貴重な話、他では聞けないだろう。ちゃんと記憶しておかなきゃ。

「あ、そうだ。お話いただいた中で聞いたことのない単語があったんですけど、それの意味を聞いていいですか？」

「ああいいとも。どれのことだ？」

僕はずっと気になっていたその単語を、ルナさんに尋ねる。


「『月《つき》』って、なんのことですか？」


そう質問すると、ルナさんは目を丸くして驚く。

「何を……言ってるんだ……!?」

信じられない。そんな気持ちが込められた視線を僕に向けてくる。

言葉には少し怒りのようなものも感じる。いったいなんで怒っているんだろう……？

「気に障ったならすみません。でも本当に知らないんです。『つき』ってなんのことですか？」

「私を愚弄しているのか？　まさか見たことがないとは言うまいな！　夜の空を照らす青き光を見たことがないなどと、そのようなこと、あるはずがない！」

語気を荒らげるルナさん。だけどいくら強く言われても、僕には何がなんだか分からない。

「いや、見たことない……です」

「馬鹿……な。そんなことが……」

ルナさんはがっくりと項垂れると、ぶつぶつと呟く。

「……本当に月が失《な》くなっているとでもいうのか？　そんなことあり得な……いや、奴らならしうるか。くく……このような場所に磔《はりつけ》にしただけでなく、そこまで辱めるとはな……そこまで私が恐ろしいか……」

「あの、ルナさん？」

おっかなびっくり話しかけると、ルナさんはひとり言をやめて顔を起こす。

さっきまでは凄い怒った雰囲気を感じたけど、今はそれを感じない。どうやら落ち着いてくれたみたいだ。

「取り乱してしまった。悪いな」

「いえ、僕は全然大丈夫です。それより『つき』のことを教えていただいてもいいですか？」

「ああ、もちろんだ。だがその前に一つ聞かせてほしい。外の世界に暦の『月』は残っているのか？」

「へ？　あ、はい。ありますよ。『つき』ってその『月』だったんですね。えっと今の月は四番目、マズの月ですよ。あ、もしかして月の魔法使いって暦……つまり時間を操るんですか？」

それならしっくりくる。

でも僕の推理は違ったみたいで、

「なるほど、暦としての月は残っているか……奴らもそこまでは手が回らなかったということか」

またぶつぶつとひとり言を言い始めるルナさん。

どうやらなにかを納得したみたいだった。僕はまだ何も分かってないけど。

「……現状は把握出来た、礼を言うぞカルス。どうやら外の世界は私がいた頃とは様変わりしているようだ」

「それはどうも。ところでルナさんの言う『月』ってなんなのですか?」

「そうだな……そこの棚に入っている物を、持ってきてくれないか。それが一番手っ取り早い」

彼女に言われるまま、部屋の端に置かれた戸棚。その引き出しの中から綺麗な首飾りを取り出す。

造りはシンプルだけど思わず目を奪われてしまう不思議な魅力がある。アクセサリーに興味はない僕だけど、これは少し欲しくなってしまう。

その首飾りはほのかに青く光っていて、不思議な形をしている。丸を丸くくり抜いて弓のようにした形だ。珍しい形をしている。

でもこの形、どこかで見たことがあるような……。

「これはなんですか?」

「それは私が率いた『月光教《げっこうきょう》』の信徒の証だ。我らはそれを握り、空に祈っていた。その形は月の形を模したものだ。遥か昔、空にはそれが浮かんでおり夜を優しく照らしてくれていた」

「こんな形の星があったんですね。へえ……」

「その形の月を『三日月《みかづき》』という。月は日によりその形を変える稀有《けう》な星、丸い時もあれば半分の時もある」

聞けば聞くほど不思議な星だ。

きっと綺麗な星なんだろうなあ。

「でもその星は今の空にはありません。もしかして壊されちゃったんですかね?」

「それはないだろう。神であろうと星そのものをどうこうすることは困難。おそらく魔法の力によって『隠された』のだろうな。小癪《こしゃく》な真似を」

「星を隠すなんて出来るんですか？　確か星って遠くにあるから小さく見えるけど、実際にはとても大きいんですよね？」

「ほう、よく知っているじゃないか。どうやら教育水準は昔よりだいぶ上がっているようだ」

ルナさんは嬉しそうに笑みを浮かべる。

昔の人に説明してもなかなか理解してもらえなかったのかな。

「確かに星を隠すなど簡単なことではない。しかし私をここに幽閉した連中ならそれくらい可能だろう」

「そうなんですね……でもなんで星を隠すなんて大変なことをしたんでしょうか？」

「連中は私の力を恐れていた。ゆえに奴らは私をここに幽閉し、その上で力の根源である『月』を隠したのだ。そうすれば私は満足に力を振るうことが出来なくなる」

「……なるほど。全てはルナさんを恐れての行動だったんですね」

「おそらくな。そして奴らは『月』のことが書かれた書物を燃やし信徒を殺したのだろう。ゆえに今の人々は月の存在を忘れてしまったのだ。その存在を知らなければ誰も月を取り戻そうとは思わない。まさか封印されている間にここまで辱められているとはな」

そう言ってルナさんは自嘲するように笑う。

……なんとも話のスケールが大きくなってきた。

でも星を隠すなんてことが出来るその人たちが恐れたこの人は、一体何者なんだろう。ぱっと見はか弱い女性にしか見えないのに。

それほどまでに月の魔法は凄い力を持っているのかな。

「……と、長話が過ぎたな。本題に入ろう」

しばらく熟考していたルナさんはそう切り出すと、僕のことをジッと見つめる。

普通の人とは明らかに違う、異質で神秘的な雰囲気。人間というよりセレナみたいな精霊に近いような感じがする。

「カルスよ、私と手を組まないか？　もし私の封印を解いてくれたのなら……その体の中にある『異物』、完全に取り除いてやろう」

「……っ⁉」

青天の霹靂《へきれき》。

彼女のまさかの提案に、僕は強く動揺した。

ここに足を踏み入れてから、一度も呪いのことを口にしていない。

それなのにこの人はまるで全てを見透かすように、呪いのことを口にした。

「………………」

「そう警戒しなくても大丈夫だ。いかに封印され、力のほとんどを失っているとて君の中に『異物』が混ざっていることくらい、見れば分かる。私は凄い魔法使いだからね」

月の魔法使い、ルナさん。

この人の身の上は色々聞いたけど、それでもまだ不透明な部分は多い。

そもそもこの人が悪人ではない、という保証はどこにもない。正当な理由でここに封印されている可能性だってあるんだ。

でも……呪いを解けるかもしれないほどの力を持っているのは、確かだ。

話を聞かずに帰ることは、僕には出来なかった。

「お話を聞かせてください」

「ふふ、そうこなくてはな」

ルナさんは嬉しそうに妖艶な笑みを浮かべる。

喋り方こそ大人だけど、彼女の見た目は僕より年下に見える。だけど時折覗《のぞ》かせる表情は大人よりも大人に見えることがあった。本当に不思議な人だ。

「話は簡単だ。君には私の封印を解く手伝いをしてほしい。そしてそれを成し遂げた暁には、君の体に巣食うそれを消し去ってあげようじゃないか」

「……そんなこと本当に出来るのですか？」

呪いは精霊の姫であるセレナの力をもってしても完全に消すことは出来なかった。

確かにルナさんは強力な魔法使いなんだと思う。だけど呪いを治せるという保証はどこにもない。

そんな状況で手伝うのはリスキーだと思う。

そう考えていると、僕の思考を読んでいるかのようにルナさんは話し出す。

「君が不安に思うのも無理はない。君の中にあるそれは『普通』ではないからな。私が消せると言っても簡単に納得は出来ないだろう。しかし……『月』の魔法の力であれば可能だ。試しにその首飾

魔術の果てを求める大魔術師
The Great Wizard Seeking the End of Wizardry
～魔道を極めた俺が三百年後の技術革新を期待して転生したら、哀しくなるほど退化していた……～
著／福山松江　イラスト／Genyaky

余命半年と宣告されたので、死ぬ気で光魔法を覚えて呪いを解こうと思います。II
I have been told that I have only six months to live, so I am determined to die and learn "light magic" to break the curse.
～呪われ王子のやり治し～
著／熊乃げん骨　イラスト／ファルまろ

薬師の魔女ですが、なぜか副業で離婚代行しています
kusushi no majo desuga, nazeka fukugho de rikon-daiko shiteimasu
著／小鳩子鈴　イラスト／珠梨やすゆき

2023年 3月の新刊

大嫌いな騎士様の望みを叶えるため、
なぜか一緒に離婚代行を手伝うことに――？
魔女と騎士、
犬猿の仲の二人が解決していく、
おしごと痛快ファンタジー第2弾。
薬師の魔女ですが
なぜか副業で離婚代行しています
2
kusushi no majo desuga,
nazeka fukugho de
rikon-daiko shiteimasu

著／小鳩子鈴　イラスト／珠梨やすゆき

「魔女の集まりに行くんだろう、俺も行く」「はあ？」定期的に開催される“魔女の集会”に久しぶりに顔を出すことになった魔女カーラ。その話を聞きつけたセインは、なぜか同行を申し出てきたのだが、その理由は彼の魔女嫌いの原因ともなった『先読みの魔女』に関係があるようで……？　渋々ながらもセインと同行することになったカーラだが、またしても思わぬ形で離婚代行依頼が舞い込み――!?「先読みの魔女に会う条件は、アンジェの顧客の離婚を手伝うこと」騎士が苦手な魔女と魔女が嫌いな騎士の二人が送る、おしごと（離婚代行）×ケンカップルファンタジー第２弾！

りに光魔法を宿してみるといい」

「ええとじゃあ……光在れ《ライ・ロ》」

首飾りに光を宿す。

するとなんと見る見るうちにその光は青色に変わったじゃないか。

見たことのない幻想的な光。思わず見入ってしまう美しさだ。

「それが月の光。光魔法を使う君なら分かるだろうが、月の光には強い『退魔の力《たいまちから》』がある」

この青い光からは『光の浄化《ラ・ルシス》』に似た波長を感じる。ルナさんの言っていることは本当なんだろう。

「その首飾りに秘められた月の力は微々たるもの、私が力を取り戻せばその力は比ではない。これで納得して貰えたかな？」

ルナさんは首を傾げながら尋ねる。

この人の力は本物だと思う。味方になってくれたらとても心強いけど、本当に信用していいのかな。

悩んだ僕は相棒に助言を求める。

「セレナはどう思う？」

「私？　そうね……」

セレナはしばらく考えた後、真面目な表情で答える。

「私は……信じてもいいと思う」

「それはなんで？」

「勘、かしら。確かにその人は怪しい、ただの人間じゃないわ。でも……私には悪い人には見えない」

「ふふ、それは光栄だ」

セレナの言葉にルナさんは顔を綻ばせる。

……それにしても意外だ。正直セレナは反対すると思っていた。

精霊であるセレナは人間では感じ取れないことも感じ取ることができる。

だからその勘を『ただの勘』と切り捨てることは出来なかった。

「……正直あなたのことはまだ信用出来ません。もしその封印を解く方法を見つけたとしても、絶対に解くと約束することは出来ません。それでよろしければ協力します、ぜひ力を貸してください」

恐れるよりも、今は前へ。

この人が信用出来るかどうかはこれから先で判断する。今は友好を深めると決めた。

「そうか、嬉しいよカルス」

ふっと笑みを浮かべるルナさん。

その顔から悪意のようなものは感じられない。きっと、大丈夫なはずだ。

「その首飾り『月《つき》の守護聖印《アミュレット》』は君にあげよう。きっと役に立つだろう。もしいらなければ売り払っても構わない」

「え？　いいんですか？」

「ああ。協力してもらうんだそれくらい安いものだ」

「ありがとうございます！　これ、とても綺麗でいいなと思ってたんです」

手の中で淡く光る月《つき》の守護聖印《アミュレット》。その青い光は見てるだけで心が癒やされる。

「ちょっとカルス？　少しそれ見過ぎなんじゃない？」

「へ？　どうしたのセレナ」

セレナはなぜか不機嫌そうだった。

特に気に障るようなことはしてないと思うんだけど、どうしたんだろう。

「君には私の光があるでしょ？　そんな光いらないと思うんだけど？」

「え、あ、もしかして……この光に嫉妬してる……の？」

「は、はあ!?　そんなわけないじゃない！　ば、ばーかっ！」

そう言うとセレナはぷい、とそっぽを向いてしまう。

女の子の扱いは難しい……シリウス兄さんならもっとうまく対応出来たのかな？

そんなことを考えていると、ルナさんがくすくすと笑い出す。

「どうしたんですか？」

「いや、すまない。君たちは仲がいいんだな、と思ってね」

「そうですね、僕とセレナは五年間一緒にいます。相棒であり友達であり家族みたいなものです。ね、セレナ」

「うっさい」

一蹴されてしまった。

凹《へこ》みながらセレナを見ると、そっぽを向いていてよくは見えないけど、その頰は少し赤くなっているように見えた。セレナも同じ気持ちでいてくれているのかな。

「人が精霊を見ることが出来なくなったことで、その関係は断絶したものだと思った。しかし君たちみたいな者もいると知り、安心したよ。どうかいつまでも仲良くあってくれ」

「はい、もちろんです。僕とセレナは相棒ですから」

迷うことなく、僕はそう答えた。


その後少しだけルナさんと話した僕は、地下室を去ることにした。

ここにいたら分からないけど、外はもうだいぶ暗くなってきてるはずだ。みんなに心配かけちゃうからね。

でも最後に一つだけ、聞いておきたいことがあった。

「ここに入る扉なんですけど、他の人が触っても全然反応しなかったのに、僕が触ったら開いたんです。なんでか分かりますか？」

「……ほう、それは興味深い。その扉には何か描かれていなかったかい？」

「えーと、確か『光』と『闇』が『星』を覆うように描かれていました」

そう伝えると、ルナさんは「なるほど」と納得言ったように呟く。何か分かったみたいだ。

「私をここに封じ込めた者たちはこの地下室に誰も入らせたくはなかった。だから『誓約』という名の鍵をかけたんだ」

「誓約、ですか？」

聞いたことのない単語に首を傾げる。一体なんのことだろう？

「まず前提としてこの世に『完璧な魔法』などというものは存在しない。ゆえに『絶対に解かれない封印魔法』なんてものは作ることは不可能。だから封印魔法には必ず抜け道……いわゆる『弱点』や『鍵』が存在する」

「なるほど。この地下室にもそれがあったってことですね」

「その通り。しかし奴らはその『鍵』を絶対に用意不可能なものにした。それこそが紋様として描かれていた『光』と『闇』。その二つを併せ持つ者でないと中に入れないようにしたのだ」

光と闇の同居、それが実現不可能なものだというのは僕にも分かる。

それはまるで火と水が合わさっているようなものだ。普通ならどちらかが消えてしまう。

「実現不可能なものを鍵にして、奴らは私を完全に封印したと思っただろう。だが奴らは君の存在を予期出来なかった。君の中にある『異物』は『闇』由来のもの。それを君は『光』の力で抑え込んでいる。そのパワーバランスは正に絶妙、どちらかに転びそうなギリギリのところで君は踏みとどまっている」

「この呪いが……闇由来……」

光属性の対極にあるのが闇属性だ。光魔法で抑え込める呪いの正体としてはこれほどしっくりくるものはない。

闇を光で押さえる内に、僕の体では両方の属性が溶け、混ざり、均衡したんだ。

その結果僕は両方の属性を併せ持つ、矛盾した存在になってしまったってことかな。

「あの、呪い《これ》の正体って分からないですか？」

胸元を開き、呪いの痣を見せる。

ルナさんはそれをジッと見つめた後、答える。

「ふむ……残念だが詳しいことは私にも分からない。力になれなくてすまない」

「いえ、ありがとうございます。色々教えていただいて。助かりました」

その後少し話をして、僕は帰ることにした。

正直情報が多くて頭がパンクしそうだ。今日はもう家に帰ってゆっくりしよう。

「それでは失礼します。また来ますね」

「ああ、いつでも来たまえ。見ての通り私は暇を持て余しているからね」

短剣が刺さった手を小さく振ってルナさんは見送ってくれる。

それに小さく頭を下げた僕は、冷えた地下室から立ち去るのだった。

◇◇◇

時計塔の中に戻ると、すぐにクリスが駆け寄ってきた。

サリアさんは眠っていたみたいで「むにゃ……」と目をこすりながらこっちにやってくる。

「カルス！　無事だったのね！」

「うん、この通りピンピンしてるよ」

僕が無事であることを確認したクリスはホッと胸をなで下ろす。

どうやらだいぶ心配をかけてしまってたみたいだね。

「なら良かった……。まあカルスなら大丈夫だと思ってたけどね」

「おやおや、素直じゃないねえ。ずっと後輩くんのことを心配していたじゃないか。いじらしいねえ」

「ちょ、それは言わない約束だったじゃないですか先輩！」

「ふふふ。そうだったかねえ」

顔を赤くしてクリスはサリアさんの襟を掴み、ぐわんぐわん揺らす。

その話が嘘か本当かは分からないけど、僕がいない間に二人はずいぶん仲良くなったみたいだね。

「ま。本当に無事でなによりだよ。下には何があったんだい？」

「それが……」

僕は地下で見たものを二人に話す。ルナさんのことを除いて。

この情報はあまりにも危険すぎるし、ルナさんにも自分のことは他言しないようにと頼まれていた。

『私を封印した者の仲間がまだいるかもしれない。扉が開かれたことを知られるのは良くないだろう』

ルナさんはそう言っていた。だからひとまず他の人にも言わないつもりだ。

「なるほど、ねえ。なにか凄いものが眠っているのではないかと思ったんだが、期待外れだったか」

「……あの。この地下室のことは学園にも黙ってもらっていいですか？　言うのは中にある物を全て調べきってからにしたいんです」

「ふむ……まあいいだろう。協会の連中に親切にしてあげる義理はないし、調査で人が押し寄せてくるのも面倒だからねえ」

心の中でほっと胸をなでおろす。

もしあのエミリアって人が来たら、中に入りかねない。あの人とルナさんを会わせるのは明らかに危険だ。

うまく誤魔化せて良かったと思っていると、

「だがいつか本当の理由を話してくれると嬉しい。無理にとは言わないけどね」

サリアさんはそう言って笑う。

どうやら僕の拙い嘘なんて見抜いていたみたいだ。

「……分かりました。いつか必ず話します」

そう約束した僕は、外していた床板を取り付けて再び扉を隠す。

また来ることもあるだろうから場所を覚えておかないと。

「それじゃあ今日は帰ります。色々とありがとうございました」

「ああ、気をつけて帰りたまえよ」

こうして僕とクリスは時計塔から去るのだった。

◇　◇　◇

学園を出て家へ帰る途中、僕は一人振り返って遠くに見える時計塔を眺める。

クリスは寮に帰ったので、今は僕と相棒のセレナしかここにはいない。

「……ルナさんの言い分はもっともだけど、嘘ついているみたいで嫌だなあ」

クリスとサリアさんにルナさんのことを隠した罪悪感が、棘《とげ》のように心に突き刺さっていた。

気づけば僕は秘密だらけだ。

呪いのこと、王子であること、そして地下室でのこと。どれもおいそれと話せることではない。

それは仕方のないことだけど、息苦しさを感じてしまう。

「でもカルスには私がいるからいいじゃない。私にならら全部話せるでしょ？」

「そうだね。セレナにはなんでも話せるから助かってるよ。ありがとうね」

「ふふん、もっと頼ってもいいのよ」

上機嫌のセレナ。

本当に頼もしくて心強い相棒だ。

「……ん？」

ふと視線を下に移すと、ポケットが青く光っていることに気がつく。

なんだろう、とポケットに手を突っ込んで中の物を取り出してみる。そこに入っていたのはルナさんから譲り受けた『月《つき》の守護聖印《アミュレット》』だった。

「なんで光ってるんだろう……？」

光魔法を通さないと光らなかったはずなのに、それは自ら淡く光っていた。

どうして光り出したんだろうと、じっと眺めていると、それは急に上空めがけ一筋の光を放った。

「へ……？」

細く、頼りない光の筋。遠くから見たら分からないレベルだ。

しかし近くにいる僕にはその光がはっきりと見えた。それがどこに向かって伸びているのかも。

「あの部分って『星欠《ほしかけ》』だよね。なんであそこを指しているんだろう？」

青い光が指し示す方向には、『星欠』と呼ばれる星のない空の一部分があった。

この光は何を伝えようとしているんだろう。僕は光の示す先をじっと見つめる。すると、

「こ、これって……！」

なんと光の示す先が揺らめき、星欠の『先』に青く輝く大きな星が一瞬だけ見えた。

すぐにそれは見えなくなっちゃったけど間違いない。たしかに星欠の後ろに星があった。他の星とは比べ物にならないほど大きくて丸い、とても綺麗な星。あれがきっとルナさんが言っていた『月』と呼ばれる星なんだ。

「セレナ、見た？」

「ええ……驚いたわね。まさかあんなものが空に隠されていたなんて」

セレナも余裕のなさそうな表情をしている。

いつも頭上から見守ってくれていたはずの空。それは仮初《かりそ》めの姿だったんだ。

「そりゃ星が欠けているように見えるはずだよ。まさか月をまるごと覆って隠していたなんて。いったい誰がこんなことをしたんだろう……」

僕は気持ち悪さを感じるようになってしまった空に背を向けると、足早に帰宅するのだった。

◆◆◆

カルスが去った後の地下牢獄。

しんと静まり変えたそこで、ルナはひとり呟く。

「――ここに幽閉され千と五百年、か。思ったよりも早く人が来たものだ」

彼女は何千年でも待つつもりでいた。

常人では耐えられない孤独。しかし彼女の心に渦巻く憎悪は孤独の心を埋め尽くし塗り替えるほど大きく、それのおかげで現代まで彼女は自我を保つことが出来ていた。

「それにしてもカルスに……セレナ、か。ふ、懐かしい面影を見たものだ。これもまた星の宿命というやつか」

そう薄く笑ったルナは、硬く覆われた空を仰ぐ。

いつかそこを抜け、再び満天の星に帰れることを祈って――

◆◆◆

「ふう、なんとか間に合った……かな?」

ルナさんと別れた僕は足早に自宅へと帰った。

少し遅くなっちゃったけど、まだ夕飯の時間にはなっていないはず。

ほっと胸をなで下ろし、扉を開けて中に入る。するとすぐにメイド服を着た人物に話しかけられる。

「お帰りにゃさいませカルス様。お荷物をお持ちいたしますにゃ」

「うんありがとう……って、へ？」

僕を出迎え、荷物を預かってくれたのは、シズクではない人物だった。

独特の語尾で話す彼女の頭には猫みたいな耳がピコピコ動いていて、お尻にはしなやかな尻尾《しっぽ》が生えている。

獣の特性を持つ人間、いわゆる『獣人』と呼ばれる種族だ。

「いや、あの……シズクは？」

「シズクでしたらまだ料理を作ってますにゃー。もう少しお待ちくださいにゃ」

「あ、そうなんですね」

謎の獣人の女性はシズクの着ているものによく似たメイド服を着用している。きっと知り合いなんだと思う。

……ん？　シズクの知り合いの獣人？

なんか昔会った記憶があるような。

「……もしかして、ミケ？」

「にゃふふ。ようやく思い出していただけましたかにゃ」

縞々《しましま》の耳を嬉しそうに動かしながら、彼女は笑う。

ミケは以前僕の屋敷に来ていたメイドの一人だ。シズクと同時期に来たんだけど、屋敷に残った彼女とは違い王城に勤めることになったので長いこと会ってなかった。

「もう十年ぶりくらいだよね？　元気そうで嬉しいよ」

「カルス様もご健勝でなによりだにゃあ。それに……シリウス殿下に似てかっこよく育ちましたにゃ。シズクっちがご執心なのも頷《うなず》けるにゃあ」

そんなことを言ってると、台所からシズクが現れる。

彼女がミケに向ける目は冷たく冷ややかだ。

「下らないことを言ってないで手伝ってください。くれぐれも毛を料理に入れないでくださいね」

「ひどいにゃあ、獣人差別だにゃあ」

ミケは泣いたふりをしながらシズクの手伝いを始める。

……他の人が見ても分かりづらいだろうけど、シズクはいつもより楽しそうだ。

確かミケは暗部時代から仲のいい同僚だったはず。久しぶりに会えて嬉しいんだろうな。

「カルス様、食事の準備が出来ました。どうぞお召し上がりください」

「うん、いただくよ」

今日のご飯は具沢山のシチューだった。

いつもより一緒に食べる人が多いからか、とても温かく楽しい食事だった。

「……ところでなんでミケはここに来たの？」

食事が終わり一息ついたところで僕はミケに尋ねる。

彼女は王城勤務のメイドのはず。やることはたくさんあるはずだ。

「そんなのシズクっちに会いに来たに決まっているじゃにゃいですか。ねえシズクっち？」

そう言ってミケは隣に座るシズクに寄りかかりながら抱きつき頬ずりしようとする。

しかしシズクはミケを無言で押しのけて抵抗する。仲がいいなあ。

「うみゅう、相変わらずシズクっちはつれないにゃあ。昔はずっと私の後ろをついてくるかわゆい子だったのににゃあ」

「昔の話です。それと昔の話はあまりカルス様の前でしないでください」

「恥ずかしがり屋なところは変わってないにゃね。にゅふふ」

「……そのおしゃべりな口、開かないようにして差し上げましょうか？」

「にゃあ⁉　刃物はやめるにゃ！」

本当に二人は仲がいいなあ。

こんなに楽しそうに喋るシズクは初めて見たかもしれない。

「ふふふ」

「殿下も笑ってないで止めてくれますかにゃあ⁉」

しばらくそんな感じで盛り上がった後、ミケはやっとここに来た目的を話し始める。

「実は陛下にカルス様の様子を見てくるよう頼まれましたにゃ」

「父上が？」

「はいにゃ。陛下自らこちらに赴くことは出来ません。なので手が空いていてシズクっちとも面識のある私が選ばれましたにゃ」

「なるほど。わざわざありがとうね」

僕はミケに学園での出来ごとを色々話した。

友人ができたこと、Ａクラスに入れたこと、色んな人に出会えて充実した学生生活を送れていること。

地下室で起きたこと以外は全て彼女に話した。

「にゃるほどにゃるほど……楽しそうに過ごせているようでなによりですにゃ。陛下もきっとお喜びになられますにゃ」

「うん、楽しくやってますって伝えておいてね」

「かしこまりましたにゃあ。……では用件も済ませたことだし、そろそろお暇させていただきますにゃ」

そう言ってミケは立ち上がる。

「もう帰っちゃうの？　泊まっていけばいいのに」

「にゃはは、そうしたいのは山々ですが、実はこの後用事があるんですにゃ。お気持ちだけいただきますにゃ」

ミケは申し訳なさそうにそう言う。

軽薄そうな印象を受ける彼女だけど、父上から直接命を受けているところから察するに仕事が出来る人なんだと思う。邪魔するのは良くないね。

「そっか、じゃあしょうがないね。またいつでも来てよ」

「はいにゃ。それでは失礼いたしますにゃ」

そう言ってミケは家を出ていってしまった。

シズクも彼女を近くまで見送るといって家を出ていく。

さて、僕も部屋に戻るとしようかな。

◆
◆
◆

「……ここでいいにゃ。シズクっち」

王都の中央広場まで来たところでミケはそう告げた。

何も言わなかったら王城までついてきそうな雰囲気だった。

「……そうですか。分かりました」

「にゃふふ、わざわざありがとうにゃ。今日は楽しかったにゃ」

「私も楽しかったですよ。会えてよかったです」

そう言ってシズクは薄く笑みを浮かべる。

それを見てミケは、

「本当によく笑うようになったにゃあ。昔のシズクっちを知ってる人が見たら驚くにゃあ」

ミケの記憶の中のシズクは大人しく無表情な少女であった。

感情が極めて薄い上に能力が高い彼女は、暗部の中で非常に高く評価されていた。

「よき主に巡り会えたみたいにゃね。良かった良かった」

「……ええ、そうですね。私は本当に人に恵まれました」

そう言ったシズクは「ですが」と付け加える。

「あなたは変わっていませんね、ミケ。その笑顔の下になにかを隠している。日の当たる生活に戻ってもよいのじゃありませんか？」

「にゃはは、暗がりの方が落ち着く人もいるものにゃあ。私は……これでいい」

そう言ってミケはどこか悲しげな笑みを浮かべ、シズクに背を向ける。

「じゃあにゃシズクっち。また会おうにゃ」

「……はい。どうか無理はしないでくださいね」

ミケはその言葉に背を向けたまま手を上げて応えると、夜の王都に消えていくのだった。

○用語事典Ⅴ

光合わせ

聖王国に古くから伝わる『婚約』の儀式。
愛し合う二人の光魔法使いが、お互いの光を重ね合わせた時、
上手く混ざり合うと二人は末長く結ばれると言われている。
光の魔法使いが減ったことで、この儀式を知る者は少なくなってしまった。

月

かつて空に輝いていた一際大きな星。
その青い光には強い退魔の力があったとされる。

月の守護聖印《アミュレット》

月の力が込められた首飾り。三日月の形をしている。
光の魔力を流すことで月の光を生み出すことが出来る。
この星には存在しない石で作られている。

第三章

迸る雷光

翌日。

珍しく今朝《けさ》はクリスが僕の家に迎えに来なかった。

寝坊をしているか、朝の特訓に身が入り過ぎているのかのどっちかかな？

普段よりも静かな朝を過ごした僕は、一人で学園に向かう。

「いつもは二人だから少し寂しく感じるね……ん？」

校門を抜けて教室へ向かっていると、三人の生徒が正面からやってくる。

道の端に避《よ》けてぶつからないようにしたけど、その人たちの目は明らかに僕を捉えている。僕になにか用があるのかな？

「初めまして。君がカルスくん……で、いいのかな？」

そう話しかけてきたのは若草色の髪が特徴的な綺麗《きれい》な女の人だった。

大人びていておしゃれな感じの人だ。先輩なのかな？　他の二人の生徒は彼女の後ろで足を止め黙っている。

どうやらこの女の人の付き添いみたいだ。

「はい。僕がカルスですけど……あなたは？」

「私は二年の上流クラス所属、ラティナ・リリエノーラ。よろしくね」

そう言ってラティナさんはニコッと笑顔を向けてくる。

リリエノーラ家といえば確か結構な名家だったはず、僕もその名は聞いたことがある。

そこの令嬢なだけあってラティナさんの立ち振舞いには気品を感じる。だけどそれだけじゃなくて今どきの女の子の感じも併せ持っているように見える。不思議な人だ。

「あの、僕になにかご用でしょうか？」

「君に少し聞きたいことがあって来たの。少し時間を貰《もら》ってもいい？」

「はい、大丈夫ですよ」

「ふふ、ありがと」

少し前にも貴族の人に話しかけられたけど、あの時とは違って高圧的な感じがしない。

一口に貴族といっても色んな人がいるんだね。

「君がこの前勧誘を受けたって話を聞いたんだけど、それって本当？　えーと……あの青い髪のいけ好かない奴」

「ああ、マルスさんのことですか」

「そうそれ！　そのマルなんとかくん！　彼から勧誘されたの？」

「はい。確かにされましたよ」

そう答えると、ラティナさんの後ろにいる二人の生徒が眉をひそめ、僕のことを警戒するように睨《にら》む。嫌な空気だ。

「……その誘い、君は受けたのかな?」

「え、いや、受けていませんよ。僕そういうの興味ありませんので」

「そう、それなら良かった。かわいい後輩と敵対したくないからね」

そう言って先輩は嬉《うれ》しそうに笑う。

敵対。ずいぶん穏やかじゃない言葉が出てきた。話の流れから察するに……

「ラティナさんはマルスって人と対立しているんですか?」

「『私と彼が』っていうより『私の家と彼の家が』の方が正しいけどね。だから面倒くさいけど私が彼を抑えないといけないの」

はあ、とラティナさんはため息をつく。

「じゃあラティナさんは別にあの人と争いたいわけじゃないんですね?」

「そ。私は将来モデルとして活動したいの。貴族同士のいざこざになんてこれっぽっちも興味ないわ。パパがどうしてもっていうからこんなことしてるけど、政争なんて関わりたくもないわ」

ざっくばらんに胸の内を明かしてくれるラティナさん。

本当に今どきの人って感じだ。最近は一人の偉い人が上に立つ『君主制』は古いと言われ始めているらしい。王国という概念がなくなる日も意外と近いのかもしれないね。

「カルスくんがあいつの仲間になってないなら話は終わりね。時間を取らせてごめんね」

「え、はい。あの……僕が言うことじゃないと思うんですけど、僕を勧誘とかはされないんですか?」

思わずそう尋ねてしまう。

マルスという生徒はこうしている間にもどんどん派閥を大きくしているはず。ラティナさんだって一人でも仲間は多く欲しいはずだ。

しかし先輩の考えは違った。

「君が私の派閥に入りたいというなら歓迎するけど、こんな小競り合い参加したくないでしょ？面倒くさいことは先輩に任せて学生生活を楽しんでね」

ラティナさんは手を振りながら「じゃあね」と言って去っていってしまう。

その後ろをついていく二人の生徒。この人たちはきっと自分の意志で彼女を手伝おうと思ったんだろうな。

僕ももしどちらかの味方をしなきゃいけないとなったら、ラティナさんの方につくだろう。

「結束度で言ったらラティナさんは負けないと思うけど、マルスって人は手を選ばなさそうだからどうなるか分からないね。そんな争いなんかしないで学園生活を楽しめばいいのに」

とはいえマルスって人にも引けない事情があるのだとは思う。貴族にも色々あるだろうからね。

何もトラブルが起きなければいいけど。そう思いながら僕は自分のクラスに向かうのだった。


自分の教室に入ると、やけにクラスメイトたちがざわついていた。

「……なにかあったのかな」

不安になりながら自分の席につく。

するとすぐに友人のジャックが話しかけてくる。

「おいカルス、お前は大丈夫だったのか？」

「へ？　何が？」

やけに心配そうな様子で尋ねてくるジャックに僕は首を傾げる。

するとジャックは「その様子なら大丈夫みたいだな」とホッとする。どうしたんだろう？

「なにか良くないことでもあったのかな？」

「実は昨日の放課後から今日にかけて、強引な勧誘が多く起きているらしいんだ。なんでも首を縦に振るまで帰してくれねえらしい。おっかねえ話だ」

「それってなんの勧誘？」

思い当たる節はあるけど一応尋ねる。すると、

「なんでも上流クラスのマルスって奴が、自分の派閥を作るために生徒を自分の下に集めようとしているらしい。貴族ってのは馬鹿なことを考えるよな」

「そ……っか」

やっぱりか、と思う。

しかも僕の時はあっさり引いてくれたけど、強引な勧誘もしているみたいだ。そうなってくるとさすがに無視できなくなってくるね。

「狙われてんのはAクラスとBクラスの生徒が多いらしい。特にAクラスの生徒はほぼ全員声をかけられているみたいだからカルスも狙われたんじゃないかと思ったんだけど、どうやら無事みたいだな」

「あ、一応僕も声はかけられたよ。すぐに引いてくれたけど」

「……そうか」

なぜか声のトーンが落ち、しょんぼりするジャック。

どうしたんだろう？

「俺には勧誘、来なかったのに……」

「ああ、なるほど……」

入るつもりはないけど、誘われないのは寂しいみたいだ。

男の子の心も複雑だ。

「まあでもカルスが無事で安心した……ん？」

ジャックは話を途中でやめ、廊下の方を見る。

「どうしたの？」

「なんか廊下の方、騒がしくねえか？」

「そういえば確かに……。人も集まってるし、なにかあったのかな」

嫌な胸騒ぎを感じながら、僕たちは廊下に向かう。

廊下に集まっている生徒たちは、二人の生徒に目を向けていた。何やら言い合いしているその生徒二人の間には、険悪な空気が流れている。喧嘩《けんか》でもしているのかな？

「馬鹿も休み休み言いなさい！　私があんたらみたいなのの下につくわけないじゃない！」

聞き覚えのある声が廊下に響き、僕とジャックは顔を見合わせる。

「おい、この声って……」

「まさか……」

人をかき分け、声の主のもとに近づく。

すると想像した通り、そこにはクリスの姿があった。

彼女の前には大柄の男子生徒が仁王立ちしている。あの人は前にマルスさんが勧誘に来た時一緒にいた生徒の一人だ。

名前は確かマイクとか言ったっけ。

「貴様の無礼な発言を不問にし、配下にしてやろうと言っているのに断るとは。平民のくせに生意気が過ぎるぞ！」

マイクさんは額に青筋を浮かべながら大きな声を出す。

強面でおっかないので周りの生徒も怖がっているけど、クリスに少しも動揺している様子はない。さすがだ。

「帰ってご主人様に言いなさい。私を誘いたいならもっといい男になって出直しなさいってね。こんな強引なやり方しか出来ないんじゃ男として三流以下よ」

「こ、の……っ！　言わせておけばっ！」

クリスの歯に衣着せない言葉の数々に、マイクさんは顔を真っ赤にする。

うわあ。あそこまで言わなくてもいいのに、と思いつつも少しすっきりする。周りの生徒たちも同じことを思っているのかくすくすと笑っている人もいる。

「どうやら痛い目見ないと立場が分からないみたいだな！」

マイクさんはそう言うと、その太い腕をクリスに伸ばし始める。

いけない。

それを見た僕の足は考えるよりも先に動く。

「……お前はあの時の」

気づけば僕はマイクさんの手を掴《つか》んでいた。

考えなしに行動してしまったけど、後悔はない。僕の大切な人が傷つくかもしれないのに黙って見ていることなんて出来ない。

「何をしているんですか。貴方《あなた》の狙いは僕じゃなかったんですか？」

「今日はこの生意気な女に用があるんだ。お前は引っ込んでな」

マイクさんはそう言って押さえている手に力を込める。

だけどその手はそれ以上前に進むことはなかった。

確かに力はそこそこ強いけど、ダミアン兄さんと比べたら屁《へ》でもない。魔力を込めて筋力を上げる必要もない。

「こん、の……！」

マイクさんは両手で掴みかかってくる。

僕はその手を両手で掴み返し、お互いに掴み合う形になる。

「お前ら平民は黙って俺たちに従えばいいいんだよ！　抵抗するんじゃねえ！」

歪《ゆが》んだ思想をしている。生まれた家が違うだけでなぜここまで酷いことを言えるんだろう。父上も貴族の扱いに悩まされていると聞いたことがある。

こんな人間が大きくなれば苦労するのも当然だ。

「勝手なことを……！　僕たちは貴方達には屈しない……！」

握る手に力を込めて、押し返す。

力負けはしてないけど、ここからどうしよう。人も集まってきているし、早く終わらせたい。

そう考えているとクリスがすたすたと歩いて近づいてくる。

いったい何をするつもりなんだろう？　そう思っていると、

「……いい加減しつこいのよっ！」

クリスはそう言って思い切り蹴り上げた……マイクさんの股間を。

「────っ⁉︎⁉︎⁉︎」

悶絶《もんぜつ》するマイクさん。急所を蹴られたんだから当然だ。

マイクさんだけじゃなく僕や見ている男子生徒も痛そうに表情を歪める。うわあ、あれはしばらく立てないだろうね……。

「あが、が……」

マイクさんは泡を吹きながら倒れる。自業自得とはいえ少し可哀想《かわいそう》に感じてしまう。

「ふん。せいせいしたわ」

クリスは悪びれることなくそう呟《つぶや》く。

一方再起不能になったマイクさんは、他の生徒に担がれて保健室に運ばれていった。それを見送った僕たちは、教室に戻る。

Ａクラスの他の生徒たちもさっきの諍《いさか》いを見ていたみたいで、教室の中はその話題で持ちきりだった。あんなことがあったら次は自分が標的になるんじゃないかと心配になって当然だ。

「クリス、大丈夫だった？　あの人に何もされていない？」

「ええ、誰かさんが格好良く助けてくれたおかげでピンピンしてるわ。ありがとね」

そう言ってクリスはいつものように強気な笑みを浮かべる。

良かった。本当に何もなかったみたいだ。

「でもまさかこんな強引な手に出てくるなんてね。しかも僕じゃなくてクリスを狙うなんて、予想できなかったよ」

彼らの執念を甘く見ていた僕の落ち度だ。

きっとあの人たちはまだ諦めていないだろう。次はどんな手を使ってくるのか、考えただけで嫌な気持ちになる。

「何か手を打ったほうがいいかも知れないわね。あんなことやられてたらみんな勉強どころじゃなくなっちゃうわ。私たちは昇級するためにやらなきゃいけないことがあるんだし」

クリスの言う通りだ。

Ａクラスの生徒は年に三度『成果』を出さなくちゃいけない。

まだどんなことをすれば成果だと認めてもらえるかは詳しく知らないけど、それはきっと大変なはず。派閥争いに巻き込まれていたらその時間がなくなってしまうかもしれない。

他のクラスメイトたちもそのことを気に病んでいるみたいで、心配そうな顔をしている。

「どうすればいいんだろう……」

一番手っ取り早いのは父上に相談することだ。そうすれば学園に働きかけてくれるから一時的には勧誘は止まると思う。

だけどそれは一時的で……きっと時間を空けて、今度は気づかれないようにまた同じようなことをやると思う。それじゃ意味がない。

それになによりこんなことで父上の手を煩わせたくない。

「ああ思い出したらまたムカムカしてきたわね……レディが一人でいるところを狙ってくるなんて本当に根性なしよね。もう何発か蹴っ飛ばせばよかった」

「はは……」

もう十分罰は受けたと思うけど、口には出さない。

あの痛みが分かるのは男だけだからね。

「いっそのこともう一つの派閥に入ってやろうかしら。あっちは代表が女性らしいし、少しはまともでしょう」

もう一つの派閥というとラティナさんが代表のやつだ。

確かにそっちに入るほうが色々と丸くおさまる気はする。ただ貴族同士の争いに巻き込まれることには変わりはないか……。

どっちの派閥にも入らず、なおかつ勧誘を受けない方法はないのかな?

僕は思考を巡らせて……一つの考えに至った。

「そうだ。僕たちで第三の……新しい派閥を作るのはどうかな?」

それを聞いたクリスとジャックは驚いたように目を丸くする。

「おいおい! そんな目立ったことしたらますます目をつけられるだろうが!」

「いいね、面白そうじゃない。誰かに従うよりずっとマシだわ。カルスがやる気なら手を貸してあげる」

賛成一に反対一。

まあ確かに突飛な意見だから反対するジャックの気持ちも分かる。でも何もせず手遅れになるよりはいい案に思えた。

「ジャック、僕は派閥争いに参加するつもりはないよ。ただ第三の選択肢を作りたいと思ったんだ」

「第三の選択肢?」

「うん。このクラスにいるみんなは真面目《まじめ》に勉強したい人がほとんどのはず。そして同じ気持ちの人たちは他のクラスにもたくさんいるはずだ。そういう人たちを集めて、手を結ぶ。つまり『派閥に参加しない派閥』ってわけだね」

「なんじゃそりゃ。矛盾してるじゃねえか」

「そうだね。でももし実現したらマルスって人も迂闊《うかつ》に手を出せないと思わない?」

「んまあ。そりゃ確かにな……」

今強引な勧誘がまかり通っているのは、それぞれの生徒が独立しちゃっているからだ。

もしみんなが手を結び、争いを拒否したならそれは無視できない力になる。

「ねえ、その話。私たちにも詳しく聞かせてくれる？」

気がつけば数人のクラスメイトが僕の周りに集まっていた。

どうやら僕の提案に興味を持ってくれたみたいだ。

そこで僕は、ジャックたちに提案したことを改めてクラスのみんなに向けて話してみることにした。するとたくさんのクラスメイトが賛同してくれた。これは心強いぞ……！

「待てよカルス。いくら俺たちが結束出来たとしても、あいつらが手を出してこなくなるとは思えねえ。もっと強力な後ろ盾でもあれば話は違うかもしれねえが……」

ジャックが心配そうな顔でそう言う。

確かにジャックの言う通りだ。戦闘能力的な強さじゃなくて、権力的、権威的な強さがないとマルスさんは引き下がらないと思う。

「そのことだけど、アテがあるんだ。詳しくは放課後に話すよ」

「げえ、本当にこの話で動きそうじゃん。心臓が痛え……」

「ふふ、面白くなってきたわね。血が疼《うず》くわ」

こうして僕たちの自由を守る小さな戦いは、ゆっくりと始まったのだった。

◇　◇　◇

その日の放課後。

僕は派閥争いについての話をするために、クリスとジャックを連れて時計塔を訪れていた。

ジャックがここに来るのは初めてだ。

どこかおっかなびっくりな様子で僕の後ろをついてくる。

「ほ、本当に時計塔の中に入れるのか？　中で怪しい実験をしてるって聞いたけど急に爆発とかしねえよな？」

「はは、爆発なんてしないよ……多分」

「おい本当に大丈夫なんだろうな⁉」

騒ぐジャックは置いておいて、時計塔の魔法錠を外す。

「なあカルス、いい加減お前の言ってた『アテ』ってなんなのか教えてくれよ。俺はもうドキドキして心臓がはち切れそうだ」

「まあ二階に上がればそれも分かるから」

腰が引けているジャックの背中を押して僕たちは階段を上る。すると、

「来たね後輩くんたち。待ちわびたよ」

「こんにちはみなさん。今日はお招きいただきありがとうございます」

二階に上がった僕たちを迎えたのは二人の人物。その姿を見てジャックはこの日一番の驚きを見せる。

「お、おおおおおいカルス！　なんで『時計塔の引きこもり』と『聖女様』が一緒にいるんだよ⁉」

さすが情報通のジャック。ひと目で二人のことが分かったみたいだ。

そう、僕が呼んだのは時計塔の主サリアさんと、聖王国の聖女セシリアさんだ。

ここまで凄い人が来るとは思ってなかったんだろう、おおげさに騒ぐジャック。そんな彼を見てサリアさんは眉をひそめる。

「後輩くん、なんだいこのうるさ熱い男は。大きい声が出せないよう、声帯を音量調節の利く魔具に交換したほうがいいんじゃないかい？」

「ひぃ！　ごめんなさい！」

不機嫌そうなサリアさんの言葉にジャックはもの凄い勢いで頭を下げ謝罪する。

冗談のようなことを本気《マジ》トーンで言うからおっかない。

「えっとそれじゃあ改めて紹介するね。二人はサリアさんとセシリアさん。サリアさんは凄腕の魔道具発明家で、セシリアさんは聖王国の聖女でありお姫様なんだ。色々あって二人とは仲良くなって、今日は呼んだんだ」

「すげえな……この二人は学園でもトップクラスにお近づきになるのが難しいってのに、そことピンポイントで仲良くなったのかよ」

口をぽかんと開いて驚くジャック。たしかに僕もこんな凄い人達とお近づきになれたのは幸運だと思う。

そんなことを考えていると、横にいたクリスが指先で僕の横腹を強めに突いてくる。

地味に痛い。そしてなぜか不機嫌そうな顔をしている。どうしたんだろう？

「あんた、あんな綺麗な人と仲良くしてたのね」

「へ？　ああ、セシリアさんのことか。そうだね、仲良くさせてもらっているよ」

サリアさんとは面識のあるクリスだけど、セシリアさんと会うのは初めてだ。

セシリアさんは綺麗だしお姫様だ。さすがのクリスも緊張しているのかな？

「……あの人とは私より仲がいいの？」

「へ？　いや、そんなことはないんじゃないかな。学園で一番一緒にいる時間が長いのはクリスだと思うよ」

「ふぅん、そうなんだ……」

そう言ってクリスは僕の顔をちらちらと見る。

心なしかさっきより機嫌はよくなっているような気がする。なんだかよく分からないけど機嫌がよくなったならなによりだ。

「まあそれなら今日のところは勘弁してあげるっ」

「それは……どうも？」

よく分からないけど許してもらえた。

なぜかセシリアさんの目隠しの下から強めの視線を感じるのは気のせいにしておこう。話を進めなきゃいけないからね。

お呼びした先輩二人のことを友人二人に紹介し、ようやく僕は本題に入る。

「お昼休みの時間に先輩たちに話をしたんだ。第三の派閥を作る手伝いをしてもらえないかって」

「なるほどな。二人とも学内の有名人、その影響力はかなりデカい。仲間になってもらえばマルスって野郎もこっちに手を出すことは出来なくなる。いくら貴族とはいえこんな凄え二人を敵に回したくはないだろうからな」

納得したようにジャックは頷《うなず》く。

「でもその……先輩方はいいんですか？　お二人共こんな争いとは関わりたくないんじゃありませんか？」

ジャックの心配はもっともだ。

僕もそのことは気にかかっていた。でも、

「かわいい後輩くんの頼みだ、それくらいお安い御用さ。ま、この貸しは後で倍にして返してもらうけどね」

「神聖な学び舎《や》で身勝手な振る舞いをする狼藉《ろうぜき》者を放っておくことは出来ません。私もなにか手を打たなければいけないと思っていたところです。喜んでこの力、お貸ししましょう」

二人とも、僕のお願いを快諾してくれた。

その頼もしさに胸が熱くなる。

「……なるほど。こうなってくると本当にカルスの言ったことが現実味を帯びてくるな」

「ふふ、まだ疑っていたの？」

「いやそういうわけじゃないけど……」

ばつの悪そうなジャック。まだ踏ん切りがつかないみたいだ。

だけどそれも仕方ないか。相手は貴族、今までそんなものと関わりがなかったジャックにとって、それと敵対することには抵抗があるんだと思う。

「もちろん無理にとは言わないよ。こんな話に突然乗れっていうほうが無理な話だ、それは分かってる」

即決したクリスの方が特殊な例だ。ジャックの決断のほうが一般的だ。

「断ってもらってももちろん構わない。僕たちだけでもやってみせるからね。もし断ったとしても恨んだり縁を切ったりはもちろんしないから安心して」

「カルス……」

複雑な表情をするジャック。

気持ちとしては力になりたいけど、理性がそれを止めてるって感じだ。

「でも僕としてはジャックが味方になってくれると心強いんだけど……どうかな？」

そう尋ねるとジャックは腕を組み、目を閉じてうんうんと考え込む。

そして熟考した末に、とうとう結論を出す。

「ああもう！　分かった、ダチにここまで言われて逃げたら男がすたるってもんだ！　たいした力にはなれないだろうが乗ってやろうじゃねえか！　あの貴族共に俺を勧誘しなかったこと、後悔させてやらあ！」

大声で啖呵《たんか》を切るジャック。

まだ声は上ずっているけど、その目には強い決意を感じる。

「ありがとう、心強いよ」

「まあもとからあのいけ好かない貴族の下につく気はなかったからな。カルスについていく方が百億倍マシってもんだ」

ジャックはそう言い切ると、ある提案をしてくる。

「……なあカルス。俺はここにいる人たちだけでも事は成せると思っている。先輩二人はもちろん、お前とクリスも只者《ただもの》じゃねえってことを俺はよく知っている。でも念には念を。一人だけ仲間にしておいた方がいいと思う奴がいるんだ。そいつを紹介してもいいか？」

真剣な表情のジャック。

僕はもちろん頷いてその名前を聞く。

「そいつの名前はヴォルガ・ルー・ジャガーパッチ。一年の上流クラスに所属している獣人の生徒だ」

ジャックの口にした生徒のその名前は知らなかったけど、その家名には聞き覚えがあった。

「ジャガーパッチって確か有名な軍人を何人も輩出してる家だよね？」

「ああ、例に漏れずそのヴォルガって奴も超がつくほど腕っぷしが『強い』らしい。上流クラスの奴らは模擬戦すら経験したことのないボンボンばかりだからみんなビビってるって話だ」

そう言ってジャックは悪そうな笑みを浮かべる。

「聞くところによるとヴォルガはマルスの誘いを蹴ったらしい。その時に強引な手に出ようとしたマルスの手下を全員保健室送りにしたって話だ。当然マルスたちはヴォルガにビビっている。もしそいつがこっちの仲間になってくれりゃあ……」

「この勝負、勝ったも同然ってことだね？」

僕の言葉にジャックは頷く。

なるほど……確かにその人が仲間になってくれたら心強い。無駄に争うことなくマルスさんも諦めてくれるかもしれない。

「もし会いたいなら道案内は任せな。どこにいるかは当たりがついている」

「行くなら私も行くわよ。危なそうな所にあんたたちだけで行かせるわけにはいかないからね」

「ありがとう二人とも。助かるよ」

ジャックとクリスの申し出を僕は受け入れる。

そうと決まれば話は早い。まずは一度そのヴォルガって人に会ってこないと。

「集まって頂いたところ申し訳ありませんが、僕はその人に会いに行ってきます。また明日にでもお話の続きをしましょう」

先輩二人に頭を下げた僕は、ジャックとクリスと一緒に新たな仲間の勧誘へ行くのだった。

◇◇◇

ジャックに案内され着いたのは、学園内のとある一画。

来たことのない場所だ。人もほとんどいないし、なんだか少し不気味な感じがする。そもそもここは何に使われる場所なんだろう？

「ジャック、ここって」

「ここは元々魔法練習場があった場所だ。まあ今は移転しちまったから『魔法練習場跡地』になるな。移転した後なにか建物を建てる予定があったみたいだけど、なんかの理由でそれが頓挫したらしい。おかげで今はこんなにさびれちまって誰も寄り付かねえ」

「へえ、そんな場所があったんだ」

全く知らなかった。

ジャックはやっぱり物知りだね。この力を勉強にも活かせたらいいのに。

「ここにそのヴォルガさんって人がいるんだね」

「ああ。そいつを慕う奴らと一緒にここにたむろしてるって話だ」

そんなことを話しながら歩を進めると、開けた場所に出る。

足元に落ちている半分朽ちた看板には『第二屋外魔法練習場』の文字。どうやらここで合っているみたいだね。

「――――あいつらみたいね」

警戒した様子のクリスの目線の先には十人程度の生徒たちがいた。

男女入り混じったその人たちは、みんな体つきがよくて鍛えられているように見える。

その中でも一人、群を抜いてガタイの良い生徒がいた。

「あの人、だね」

僕よりもずっと大きな体に、厚い胸板と太い腕。

ワイルドに伸びた黒い髪と獰猛《どうもう》さを強調する牙と爪。頭には獣人特有ピンと立った耳が生えている。形からして狼《おおかみ》の獣人だろうか。

間違いない、あの人が目的の人『ヴォルガ・ルー・ジャガーパッチ』その人だ。

「こんにちは。少しお話よろしいですか？」

堂々と正面から近づきながら声をかける。

するとヴォルガさんの周りにいた生徒たちが警戒した様子で僕の前を塞ぐように立つ。

「なんだお前は？　こんな所に何しに来やがった」

「痛い目見る前に帰ったほうがいいぞ？」

うーん。見るからに歓迎ムードじゃない。

どうすれば敵意がないって分かってもらえるだろう。

「いやだからお話を」

「うちの大将はお前と話すことなんてない。言っても分からないなら体に教えてやろうか……！」

そう言って一人の生徒が僕の胸ぐらを摑もうとした瞬間、

「待て」

低くドスの効いた声が響き、伸びた手が止まる。

その声の主はもちろんヴォルガさんだ。彼は興味深そうに僕のことをジッと見ている。

ふう、それにしても危なかった。もし本当に摑んでいたらクリスが黙ってなかっただろう。見れば「ちっ」と舌打ちして剣を握った手を離している。

止めるのがもう少し遅かったら問答無用で斬りかかっていたと思う。

「その白髪と赤い瞳……お前が噂《うわさ》の『二人目《ふたりめ》の光《ひかり》』だな？」

「え、あ、はい。カルスです、よろしくお願いします」

聞き覚えのない二つ名で呼ばれて戸惑ったけど、なんとか自己紹介をする。

この学園で二人目の光魔法使いだからそんな呼ばれ方をされていたのかな？　なんだか少し恥ずかしい。

「俺がヴォルガだ。歓迎しようじゃないか」

そう言ってヴォルガさんは僕の前にやってくる。

近づくとその大きさがよく分かる。ダミアン兄さんと同じくらいガタイがいいね。

生まれながらの戦士の体格って感じだ。

「で、Ａクラスの生徒たちがこんな所になんのようだ。お前たちが楽しめるような物はここにはないと思うぞ」

そう言ってヴォルガさんはちらとクリスのことを見る。どうやら僕だけじゃなくてクリスのことも知っているみたいだ。

「私のことも知ってくれているなんて光栄ね」

「剣聖の娘が入学するとなれば知らぬ方がおかしい。いつか手合わせしたいと思っていたところだ」

「へえ、いい根性してるじゃない。なんなら今ヤッてもいいのよ？」

挑発するように笑みを浮かべるクリス。

なんで話し合いをしに来たのにそんなに好戦的になっちゃうの……心臓に悪いよ。

一触即発の空気が流れる。

先に口を開いたのはヴォルガさんだった。

「それも魅力的だが……今はやめておこう。悪いが俺の興味は今、目の前のこいつに向いているのでな」

「あら、それは残念。でも覚えておきなさい、私はカルスの『騎士』。もし無理やり手を出そうとしたなら……私とこの剣が黙っちゃないわよ」

そう言ってクリスは腰に差した剣を少し抜き、その刀身をチラリと見せる。

その挑発を受けたヴォルガさんはニヤリと笑い、「肝に銘じておこう」と言った。

ふう、焦ったけど争いごとにはならなそうだ。ホッとしていると、今度はジャックが口を開く。

「あの、ちなみに俺は……」

「誰だお前は」

「ですよねー……」

撃沈していた。

しゅんとして黙ってしまったジャックは置いておいて、僕はヴォルガさんに今回ここに来た理由を話す。

派閥争いに参加しない道を作りたいこと。

すでにサリアさんとセシリアさんという味方がいるということ。

そしてヴォルガさんの力を借りたいということ。

全ての話を聞いたヴォルガさんはじっくりと考え込んだ後、口を開く。

「……正直俺もあいつらの行動は目に余っていたところだ。戦う動機も不純であれば、取る手段も幼稚で稚拙。とてもじゃないが見ていられない」

ほっ、よかった。

この人もマルスさんの行動には辟易《へきえき》していたみたいだ。

これなら味方になってもらうのも不可能じゃなさそうだ。

「じゃあ仲間に……」

「だが」

僕の言葉を遮るように、ヴォルガさんは声高にそう言い、

「俺は誇り高き『ジャガーパッチ』家の軍人。仕えるべき主人は自分で選ぶ、たとえそれが一時の協力関係であってもな」

「……なるほど」

つまり彼はこう言っているのだ。

お前が協力するに値する人物だと示せ――――と。

試すように僕のことを睥睨《へいげい》するヴォルガさん。

すると突然クリスが僕と彼の間に割り込んでくる。

「そんなに力比べがしたいなら私が相手になるわ。私はカルスの騎士であり剣、私が相手してもいいはずよ」

「貴様は下がっていろ、俺の今の興味はカルスだ。それに……お前のご主人様もやる気みたいだぞ」

「へ？」

クリスは振り返って僕のことを見る。

そして目を丸くしたかと思うと、小さくため息をついてそこから退く。

「はあ、しょうがないわね」

「へ？　どうしたのクリス」

「どうもこうもないわよ。カルス、あんた笑ってるわよ」

「……え？」

自分でも気づかない内に、僕は笑みを浮かべていた。

……どうやら僕はわくわくしてしまっていたみたいだ。

一体この人はどんな魔法を使うのだろう。僕の力はどこまで通じるんだろう。そう思ってしまった。

こんな気持は初めてだ。

「うーん……僕って争いごととか苦手なはずだったんだけど。なんでだろう」

「そう落ち込むことはない。鍛えた力をぶつけ、競うことに喜びを見出《みいだ》すのは人として健全なことだ」

ヴォルガさんもまた、楽しそうに笑う。

どうやら僕と同じ気持ちみたいだ。

「悪いねクリス。今回は僕が貰うよ」

「……ったく、しょうがないわね。あんたがそこまで言うなら分かったわ。でも負けたら承知しないからね」

「うん。ありがと」

譲ってくれたクリスにお礼を言って、ヴォルガさんに向き直る。

「ということで、僕がお相手いたします。いつやりましょうか」

「そうだな……明日、ここでやるとしよう。形式は『王国決闘法《おうこくけっとうほう》』に基づいて行う。お前が勝てば俺はお前に従う、もし俺が勝ったら……この話は白紙にする」

「勝っても何も要求しないんですか？」

「俺は戦えれば満足だ。俺に従いたいっていうなら話は別だけどな」

この人は純粋に戦いを楽しみたいだけなんだ。戦いは手段ではなく目的。根っからの戦士だね。

彼がそれでいいなら異論はない。僕は思いっきりやるだけだ。

「決闘を行う上での手続きはこっちでやっておく。明日の放課後ここに来るだけでいい」

「分かりました、ありがとうございます。では……」

僕とヴォルガさんはお互いの視線をぶつけ合い、同時に口を開く。

「「明日」」

そう言って踵《きびす》を返し、その場を離れる。

これ以上なにかを話すのは野暮だ。あとは明日、存分に語り合えば良い。

高鳴る胸を抑えながら、僕は帰路につくのだった。

◇　◇　◇

翌日の放課後。

僕たちは約束通り『魔法練習場跡地』に向かっていた。

メンバーは昨日も一緒だったクリスとジャックの他に、サリアさんとセシリアさんにも来てもらった。

先輩たちも関係者だからね。

「わざわざ来ていただきありがとうございます」

「当然のことです。決闘、頑張ってくださいね」

セシリアさんはそう応援してくれる。

一方サリアさんは、

「本当だよ全く。外は眩《まぶ》しいし汚いし最悪だよ。早く時計塔に帰りたい」

不満たらたらだった。

とはいえこんなに嫌がっているのにちゃんと応援しに来てくれているんだから面倒見のいい先輩だ。そんなこと言ったらへそを曲げちゃいそうだから口にはしないけど。

「――――来たか」

魔法練習場跡地に到着すると、既にヴォルガさんがいた。

彼は練習場の中心に立っていて、いつでも始められますって感じだ。

練習場にはヴォルガさんの友人も数人観戦に来ていた。他にいるのは審判と見届人の先生二人のみ。野次馬はいない。

「どうやら話は漏れてないみたいだね」

今回の決闘は他の生徒には秘密で行われている。もし知らせたら結構な人が集まると予想されたからだ。魔法を使わない決闘なら人が集まっても平気だけど、魔法を使うとなると周りへの被害も考えられる。当然の配慮だ。

「お待たせしました」

「ああ、昨日から待ちわびていたぞ。早く始めよう」

見せつけるように牙を剝き、ヴォルガさんは笑う。

覚悟は決まっていたはずなのに、ドキドキして来た。果たして僕はどれくらい戦えるんだろう。

「なにビビってんのよ。カルスなら大丈夫よ」

そう言ってクリスは僕の背中を叩《たた》き、鼓舞してくれた。

「そうだね、ありがとう」

「思いっきりやってきなさい。もし負けても私が優しく慰めてあげるわ」

「それは嬉しいね。わざと負けるのも良さそうだ」

「ったく、馬鹿なこと言ってないでさっさと行ってきなさい」

笑いながらそう言ってくれるクリス。

すると次にセシリアさんが僕のもとにやってくる。

「……あまり無理をなさらないでくださいね」

その表情は不安げだ。

優しい人だから心配してくれているんだろう。

「はい。光魔法の力、見せつけてきますよ」

そう力強く言うと、セシリアさんは手に光を宿して僕の額にかざしてくる。

「汝《なんじ》に光の加護があらんことを」

すると光が体の中に入ってきて……全身がぽかぽかと暖かくなるのを感じた。

心なしか不安な気持ちが薄くなった気がする。

「これは聖王国に伝わる戦士を送り出す儀式です。生きて再び帰ってこられるように、そんな願いがこめられています」

「そんな儀式をしていただけるなんて光栄です、ありがとうございます。絶対に勝って帰ってきます」

そう言って僕は練習場中央に足を運ぶ。

後ろからはジャックやみんなの声援が聞こえる。もう不安な気持ちなんてどこにもなかった。

「どうやら覚悟は決まったみたいだな」

「はい。心強い仲間がいますので」

屋敷を出て、一人で行くと息巻いていた僕だけど今は少し考え方が変わった。

結局人は一人では生きられない。

だからお世話になってくれた人に恩を返せる人になるんだ。僕を支え、応援してくれる人に応えるためにもこの決闘は勝たなくちゃいけない。

「二人とも、準備はいいか？」

そう話しかけてきたのは、今回の決闘の審判を務める先生だ。

名前は確かゴドベルさん。元冒険者という経歴の持ち主で武闘派な先生だ。

「はい、いつでも大丈夫です」

「俺もだ」

僕たちの返事を聞いたゴドベル先生は後ろに控えている見届人を務める先生から何かを受け取って、それを僕たちに渡してくる。

これは……石を彫って作った人形、かな？

「それは魔道具『写身人形《うつしみにんぎょう》』。魔力を流した者とリンクし、その者が傷つく度に人形も壊れていく。この人形が壊れた時点で決着とし、それ以上の戦闘行為を禁じる」

「へえ、こんな物があるんですね」

初めて知った。

これがあれば確かに勝敗がつけやすいね。

「昔は降参か審判の判断で決着をつけていたが、それだと取り返しのつかない怪我をしてしまうことが多々あった。しかし最近発明されたこの魔道具を採用してからはそのようなことも減った。壊れた時点で決着を宣言するのですぐに戦闘行為をやめるように」

「分かりました。ところでこの人形って僕が回復したら人形も直るんですか？」

「たしか直るはずだ。そうか……君は光魔法使いだったな」

いいことを聞いた。

回復しても人形が傷ついたままじゃ、回復魔法を使う意味がなくなっちゃうからね。

思う存分使わせてもらおう。

「それでは両者！　これより王国決闘法に基づきヴォルガとカルスの決闘を行う、両者相手を尊重し、誇りをかけて死力を尽くすように！」

僕とヴォルガは無言で構える。

もう言葉はいらない。あとは戦いの中で語ればいい。

「それでは――――始めィッ！」

こうして僕たちの決闘は幕を開けた。

◆　◆　◆

ヴォルガ・ルー・ジャガーパッチは退屈していた。

親に勧められるまま魔法学園に入学したものの、熱中できるものが見つからず物足りなさを感じていた。

気心の知れた友人と過ごす時間は楽しい。勉強するのも嫌いではない。

しかし……体の中に流れる軍人の血が、闘争を欲していた。

だが彼を満足させるような相手はなかなか現れなかった。

入学早々数人の生徒に絡まれはしたが、五人ほど叩きのめしたところで挑戦者はいなくなってしまった。

所詮学生ではこのレベルしかいないないか。卒業し戦場に赴かなければこの乾きを満たすことは出来ないか。そう思っていた。

しかしその考えは覆ることとなる。

目の前に立つお世辞にも強くは見えない少年が訪れてきた時、ヴォルガは胸が高揚した。

その理由を知るために、彼は決闘を挑んだ。

「貴様には期待しているんだ。簡単に負けてくれるなよ」

「ええ、善処します」

カルスが返事をしたのと同時にヴォルガは魔力を練り始める。

本来獣人は魔法の扱いが苦手な種族だ。その代わりとして人間を大きく上回る身体能力を手にしている。

しかしジャガーパッチ家は長い闘争の歴史で手に入れた。

強靱《きょうじん》な肉体と魔法の腕、その両方を。

「雷走れ《リリ・ロ》！」

雷をまとった右手で、地面をこするように引っ掻《か》く。

すると何本もの雷が生まれ、物凄い速さで地面を走る。

それらはまっすぐにカルスへと襲いかかるが、カルスは慌てることなく魔法を発動し、それに対処する。

「光の防壁《ラ・オルド》！」

カルスの正面に現れる光の壁。

それは襲いかかる雷たちを容易《たやす》く弾き、主人を守り抜いてみせた。

光魔法の防御力は全属性の中でも上位に位置する。生半可な魔法では傷つけることすら難しいのだ。

「くく、そうこなくちゃな……！」

楽しそうな笑みを浮かべながら、ヴォルガはカルスのもとへ凄まじい速さで駆け寄る。

そして走りながら魔力を練り、魔法を発動する。

「雷の槍《リ・サクス》ッ！」

ヴォルガの右手に現れたのは、光り輝く雷の槍《やり》。

雷の魔力が超高密度に圧縮された破壊の槍。それを強く握りしめ思い切り光の防壁《ラ・オルド》に叩きつける。

「おらァ！」

「ぐ……っ！」

音を立てて砕け散る防壁。

高い防御性能を持つ『光の防壁《ラ・オルド》』だが、一点に威力を集中させた『雷の槍《リ・サクス》』とは相性が悪かった。

ヴォルガは防壁を打ち破った勢いそのままに、雷の槍をカルスめがけ突き出す。だが、

「光の剣《ラ・ソール》！」

カルスも光の剣《つるぎ》を生み出し対抗する。

剣を直接握りヴォルガめがけ剣を振るう。

光の剣と雷の槍。二つの武器はぶつかり合い激しい衝撃波を生み出す。

「んが……！」

「むむ……！」

吹き飛びそうになる体。

しかし両者ともに足に力を込めて全力で踏みとどまる。

「────はあっ！」

先に動いたのはカルス。

光の剣で槍を弾き、一気にヴォルガの懐に潜り込む。

武器の扱いはダミアンに鍛えられている。その技術は魔法の武器にも応用できた。

「そこっ！」

ヴォルガの横腹に、カルスの鋭い蹴りが突き刺さる。

筋力体格共にヴォルガより劣っているカルス。しかし魔力を込めれば攻撃力の底上げができる。おまけにカルスは体術も兄ダミアンに鍛えられており、技の鋭さは兄お墨付きだ。その鋭い蹴りはヴォルガの強靭な肉体にダメージを与えることに成功する。

「……やるじゃないか。俺の鋼の腹筋を貫くとはな」

「その割には効いてなさそうですが」

「鍛えているからな……とォ！」

お返しとばかりにヴォルガは思い切りカルスを殴り飛ばす。

かろうじて両腕を交差してガードするカルス。しかしその衝撃を受け止めきることは出来ず、後ろに大きく飛ばされる。

もし魔力で腕を硬くしていなければ折れていただろう。カルスの額に冷や汗が滲《にじ》む。

「いてて……これが獣人の膂力《りょりょく》。凄い力だ」

「安心しろ。俺は獣人の中でも特別力が強い。負けても誰も馬鹿にはしないだろう！」

ヴォルガは両手の爪を立て、まるで引っ掻くように攻撃してくる。息もつかせぬ波状攻撃。カルスは回避に専念する。

（攻める隙がない。この人、力だけじゃなくて技術も凄い……！）

カルスは焦る。

幼少期から過酷な特訓に身を置いていたヴォルガ。その力と戦闘技術は既に大人の戦士でも及ばぬ域に達していた。

そこに高い魔法技術も合わされば学生で彼に比肩するものはいないだろう。今日まではヴォルガ自身もそう自負していた。

そう、今日までは。

「光の奔流《ラ・リーバ》！」

僅かな隙を突き、カルスは両手から巨大な光の奔流を放つ。

それはヴォルガの体を一瞬にして飲み込み、彼を思い切り吹き飛ばす。

しばらく宙を舞った彼は、受け身を取ることも出来ず地面に落下。数度地面をバウンドしてからようやく止まる。

「が、あ……!?」

地面に横たわる自分の姿を見てヴォルガは愕然《がくぜん》とする。体に受けたダメージよりも精神的ショックの方が大きかったようだ。

（なんだこの威力は……!?　あいつ、どれだけ魔力があるんだ!?）

ヴォルガはまだ痺《しび》れの残る体を起こし、カルスを見る。

あれほどの魔法を使ったにもかかわらず、少年の魔力には一切の揺らぎもなかった。それはつまり先程の魔法を使ってもまだ魔力が体にありあまっているということの証明。

ヴォルガは相手が想像以上の猛者《もさ》であることを知り……笑った。

「え、こわ」

まるで大型肉食獣がようやくエサにありつけたような、そんな恐ろしい笑みを見たカルスは身震いする。

「くく、そう怯《おび》えるな。俺は嬉しいんだ。ようやくこの退屈な時間が終わることがな」

ゆっくりと近づいてくるヴォルガ。

前傾姿勢でゆっくりと、獲物を仕留めるように迫りくる彼の姿にカルスだけでなく観客も恐怖を覚える。

「くく……」

湧き上がる魔力を抑えることが出来ず、ヴォルガの体の周りにパチパチと電気が弾ける。そのせいで彼の髪は逆立ち、その様相は恐ろしいものとなる。

「結構強めに魔法を撃ったんですけど……まだまだ元気そうですね。本気でやらせていただきます」

「当たり前だッ！　全力で……殺す気で来い、カルス！」

再び激突する両者。

その度に試合場には閃光《せんこう》が迸り、観戦する者たちは眩しそうに目を細める。

しかしもっとも眩しいであろうカルスとヴォルガは目を見開き、相手のことをしっかりと視界の真ん中に収めていた。

僅かでも相手の動きを見逃せば敗北に直結することを二人とも分かっていたのだ。

「雷の槍《リ・サクス》!!」

ヴォルガは再度右手に雷の槍を生み出し、カルスに叩きつける。

しかしカルスの生み出した防御魔法『光の護盾《ラ・シール》』は先程の防御魔法よりも硬く、中々突破出来ずにいた。

「おいおい、カルス大丈夫なのか……？」

心配そうに呟くジャック。

試合の流れを見ている観客たちはヴォルガが優勢に見えていた。

事実カルスは受けに回っておりあまり攻撃していない。このままではいつかヴォルガが押し切ってしまいそうだ。

だが当のヴォルガは顔にこそ出さないが焦りを覚えていた。

（こいつ……魔法の威力が全然衰えない、いったいどんな魔力量をしてるんだ。このままではこちらが先に魔力切れを起こすぞ……！）

お互い同じくらいの魔力を消費しているはずなのに、カルスの体から発せられている魔力には一切の揺らぎも見られなかった。それは即ち魔力の底がまだまだ見えていないことを意味する。

反対にヴォルガは自分の魔力量がかなり低下しているのを感じていた。体力はまだありあまっているが、魔力が切れてしまえば勝つことは不可能だろう。

ヴォルガの焦燥感が増していく。

（長引くだけ不利。であるならば一気に勝負を決める……！）

そう決めたヴォルガは両腕に魔力を込める。

それは彼の得意魔法であったが、学園に入ってから人前で使用したことのない魔法であった。使用を禁じていたわけではないが、この魔法を使えるほどの強者にまだ出会っていなかったのだ。

「お前の強さに敬意を表し……本気で狩らせてもらう」

両腕を前に突き出し、爪を立てるように指を曲げ両手を合わせる。

その手はさながら牙を剝いた獣の顎のような形になる。一体何をする気なんだとカルスは警戒する。

「行くぞ……雷の嚙咬《リ・バウ》‼」

そう叫んだ瞬間、彼の両手がバチバチバチ！　と激しい音を鳴らしながら雷をまとう。

彼の右腕に宿った雷は上顎、左腕に宿った雷は下顎のような形になっている。両手を合わせたその見た目は、まるで肉食獣の頭部のようだった。

「これが我が一族に伝わる魔法『雷の嚙咬《リ・バウ》』。今の俺の両腕は巨大な雷狼の顎《あぎと》だと思え」

「……凄い魔法ですね。こっちまでビリビリします」

超高密度の雷は周囲にも影響を及ぼした。

その中心にいるヴォルガもその影響を大きく受け、髪の毛が獣のように逆立つ。

「カルス、俺はお前が気に入った。だから……死んでくれるなよ」

そう言ってヴォルガは大地を蹴りカルスに急接近する。

獣人の持つ強力な体のバネを生かした走り。人間ではとてもその速さから逃げることは出来ない。

それを理解しているカルスはその攻撃を正面から受け止める。

「光の護盾《ラ・シール》！」

今まで何度もカルスを守ってくれた盾が出現する。

光属性の持つ『元に戻る力』を最大限活かしたこの魔法は強固であり、竜の吐息《ブレス》すら防ぐ力を持つ。

しかし、

「────あまいっ！」

強烈な雷の牙は、その盾を食い破ってみせた。

音を立てて砕ける光の盾、それを目の当たりにしたカルスの顔に焦りの色が浮かぶ。

「終わりだ」

光の護盾《ラ・シール》を壊した破壊の牙が、カルスの肉体に襲いかかる。

カルスは咄嗟《とっさ》に横に動き、直撃を回避する。

しかし完全に逃げ切ることは出来ず、雷の一部が体に触れてしまう。

その瞬間バチン！　という音とともにカルスの体は吹き飛び宙を舞う。

それから数秒おいて、辺りに焦げた匂いが漂い始める。高密度に圧縮された雷は、触れただけで人の体を容易く焼いてしまうのだ。

「カルス‼」

友人たちが呼びかけるが、カルスは動かない。

あまりに衝撃的な光景に観客達は騒ぐのをやめ、固唾を呑《の》んで二人を見守る。

「審判、終了してくれ」

ヴォルガは審判を務めるゴドベル先生の方を向き、そう言う。

誰が見ても試合の続行は不可能、しかしゴドベルは終了を宣言しなかった。

「……試合は終了しない」

「あ？」

何を言ってるんだ、というような表情をするヴォルガ。あの技を食らい無事で済むはずがない。早く保健室に運ぶべきだ。

そう思う彼に、ゴドベルはカルスの『写身人形』を見せる。

その人形にはカルスの負ったダメージが反映されるようになっている。満身創痍《まんしんそうい》の今の状態であれば、人形は壊れて然るべきだ。

しかし……なぜかその人形にはヒビ一つ入っていなかった。

「どういうことだ？」

ヴォルガが疑問に思った瞬間、試合を観戦していた者たちがざわめく。

嫌な予感を感じたヴォルガが振り返ると……そこには元気そうに二本の足で立つカルスの姿があった。

服こそところどころ焦げた跡があるが、体に目立った傷はなく表情も明るい。ダメージなどまるでないように見える。

「馬鹿な⁉　俺の『雷の嚙咬《リ・バウ》』を食らって立てるはずがない！　一体何をした⁉」

「僕の使う魔法は『光魔法』です。当然あの魔法を使うことも出来ます」

「……回復魔法か‼」

カルスは攻撃を食らう瞬間、回復魔法『光の治癒《ラ・ヒール》』を発動していた。

そのおかげで負ったダメージを即座に回復、無事ダメージを反映する『写身人形』を壊すことなく耐えきったのだ。

「光の回復魔法、噂には聞いていたがここまでとはな。くく、ゾンビとでも戦っている気分だ。だがいくら回復出来ても痛みは感じるはず。俺の攻撃にいつまで耐えられるだろうな……！」

「特殊な事情で痛みには慣れていいます。あれぐらいでしたらいくらでも耐えられますよ」

「抜かせっ！」

ヴォルガは再び『雷の嚙咬《リ・バウ》』を発動し、両腕に雷を纏わせる。その雷は先程のものよりも激しい。

「本気みたいですね。では僕も……！」

右の手の平を上に向け、カルスは魔法を発動する。

「光の砲弾《ラ・シエル》」

ポウッ、と拳より少し大きな光の玉が手の平から現れる。

その玉はカルスの眼前にふよふよと浮く。

「何をするかと思えば……砲弾《シエル》などという遅い魔法で俺に……」

勝つつもりか。そう言おうとしたヴォルガの言葉が止まる。

それもそのはず、なんと光の玉は一個だけではなく、二個三個と続々と出現したのだ。

その様子を見ていたジャックは口をぽかんと開けて驚く。

「おいおい、どんだけ出てくるんだよ……!?」

ジャックが驚くのも当然。魔法の同時使用は高等技術、三つ程度であればジャックも可能だが、それ以上はいくら練習しても不可能だった。

光の玉はあっという間にカルスの周りを覆い尽くしてしまう。

その数はなんと五十。一人の人間が扱うにしては破格の数だ。

「よし。これくらいでいいかな」

そう満足そうに頷いたカルスは、ヴォルガに視線を向ける。

「お待たせしました。それじゃあやりましょうか」

「上等だ。来い！」

ヴォルガは強気に笑うと、光玉の群れに向かい駆け出す。

激しく降り注ぐ光の砲弾と、地面を駆け回る雷光。

生徒という枠を大きく超えた二人の戦闘は苛烈を極めた。

「いったい何が起きてるんだ……」

観戦しているヴォルガの友人が思わず漏らす。

光と雷の属性は、他の属性と比べて速度の面で優れている。高スピードで展開される試合は目で追うことすら困難であった。

「突撃《アタック》せよ！」

カルスが指をさし叫ぶと、その場所めがけ光の砲弾が発射される。

その一撃は走り回っていたヴォルガの体に命中し、大きな爆発を引き起こす。

過去カルスは飛竜を相手に似たような魔法を使ったことがあるが、五年の歳月で成長したカルスの魔法は、その時より精度、威力共に大きく向上している。

とっさに魔力で体を硬化させていたヴォルガだが、完全に防ぐことは敵わず大きなダメージを負ってしまう。

「一発貰っただけでこれか……笑えない威力をしている……」

目の前にはまだ数十個の砲弾《シエル》が浮遊している。

走りながら何個か破壊に成功していたが、全てを壊すにはまだまだ時間がかかりそうだった。

「となると……やはり直接狙うしかないか」

ヴォルガは遠くから自分をジッと見ているカルスに目を向ける。

光の砲弾《ラ・シエル》を発動してからカルスはその場を動いていない。

これだけ多くの魔法を使うにはかなりの集中力が必要、動くことは出来ないだろう。ヴォルガはそう考えた。

ならば接近戦に持ち込めさえすれば勝てる。

ヴォルガは砲弾の中に突入する覚悟を決める。

「行くぞ……雷の肉体《リ・バーフ》！」

ヴォルガの体の表面を雷が駆け巡り、彼の肉体を強化させる。

それと同時に彼の筋肉は大きく膨張する。雷による刺激で筋肉を活性化させ更に身体能力を強化させたのだ。

その姿はまるでお伽噺《とぎばなし》に出てくる『狼男《おおかみおとこ》』。普通の獣人より更に獣に近づいたその姿にヴォルガの友人たちも驚きどよめく。

普通の『雷の肉体《リ・バーフ》』にはこのような効果はないが、特訓の末彼は魔法を一段階先のステージへ進化させたのだ。

「引かせてしまったら悪いな。見た者が怖がってしまうからあまりこの姿は使いたくないんだが」

「そんな。かっこいいですよ。後でその伸びた毛モフらせてもらってもいいですか？」

「……ハッ。この勝負にお前が勝ったら考えてやろう！」

楽しそうに笑い、ヴォルガは駆ける。

とっさにカルスは光の砲弾を動かすが、ヴォルガはその間を一気に駆け抜け距離を詰める。

「――――速い！」

その動き、正に電光石火。

まるで地面を駆る稲妻だ。カルスは目で追うのすらやっとであった。

「移動《ムーブ》せよ、守り《ブロック》たまえ！」

光の砲弾を動かし壁のように配置するが、ヴォルガは速度を維持したまま直角に方向転換、砲弾の壁を避けて進み一気にカルスのもとに肉薄する。

「雷《いかずち》を捉えることは何者にも出来ない……終わりだ」

右手を振り上げ、鋭利な爪をカルスに向ける。

一気に詰め寄ったヴォルガはその思い切り爪を振り下ろそうとするが……その刹那、カルスは笑った。

「信じていましたよ。あなたならここまで来ると」

「何を言って……っ⁉」

ヴォルガの爪がカルスを引き裂くその瞬間、ヴォルガの足元が急に爆発する。

予想だにしていないその攻撃を、ヴォルガはもろに食らってしまう。

「がっ⁉　何が……⁉」

爆発に吹き飛ばされながら彼は地面を確認する。

すると地面には薄く伸ばされた複数の『光の砲弾《ラ・シエル》』が、まるで地雷のように敷かれていた。ヴォルガが自分に接近してくることを予測していたカルスは、光の砲弾《ラ・シエル》で壁を作り視界を遮った隙に、光の砲弾《ラ・シエル》を地面に設置していたのだ。

普段であれば気づいただろうが、トドメを刺せる瞬間ともなれば周りに注意を向ける余裕はなくなる。その僅かな隙をカルスは突いたのだ。

「楽しませてくれる……！」

ヴォルガは飛ばされながらも体勢を立て直し着地する。

今度こそ絶対に油断はしない。全力を持って仕留めてみせる。そう心の中で誓い前を向く。すると、

「はあああああ！」

「な……っ⁉」

なんと雄叫びを上げるカルスが目の前まで迫ってきていた。

近距離戦を避け、遠距離に徹するものだと思っていたヴォルガは面食らう。

「光の肉体《ラ・バーフ》！」

輝く光を身にまとったカルスは、拳を握りしめ思い切りヴォルガの左頬を撃ち抜いた。

「が……っ⁉」

想像以上の力が込められたその一撃を喰《く》らい、ヴォルガはその場でフラつく。脳が揺れ、口の中に血の味が広がる。

倒れそうになる脚に力を入れ、なんとか踏みとどまるヴォルガ。彼は口から流れる血を拭いもせず、笑みを浮かべる。

「どこまで楽しませてくれるんだお前は……！」

お返しとばかりに鋭い前蹴りを放つ。

カルスはその一撃を丁寧に捌《さば》き、細かく攻撃を重ねる。

（こいつ、戦い慣れてやがる……！）

ヴォルガがそう思うほどにカルスの戦闘技術は高くなっていた。

彼に格闘《それ》の才能はない。しかし過保護な兄の地獄のしごきに耐え抜いた彼には、確かな技術が身についていた。

しかしヴォルガも負けてない。

カルスの攻撃を耐え、鋭い反撃を返していた。しかし……

「光の治癒《ラ・ヒール》！」

与えた傷は、即座に回復されてしまう。

戦闘技術を持った回復魔法使いの恐ろしさを、その場にいる者はまざまざと見せつけられた。

「単純な腕力では貴方に敵わないでしょう。でも僕には光魔法がある。絶対に――――勝つ！」

強い魔力を込めたカルスの蹴りがヴォルガの腹に突き刺さる。

内蔵がひっくり返るような感覚。ヴォルガは口の中に血の味が広がるのを感じる。

（いい攻撃だ。だがタダで攻撃を貰いはしないぞ……！）

足を強く地面に突き刺し、ヴォルガは踏みとどまる。

渾身《こんしん》の蹴りを受け止められたカルスは動揺する。その隙を突きヴォルガはカルスが蹴りを放った足を右手で掴む。

「これでもう逃げられないな」

「しま……っ!!」

ヴォルガは左手の爪を立て、カルスに襲いかかる。

ナイフのように鋭い爪で引っかかれば重傷を負うのは必至。カルスは全力で体を反らしそれを回避しようとする。

素早く避けたおかげでカルスはその攻撃が直撃するのは避けることが出来た。しかしヴォルガの親指の爪のみはカルスの胸の部分に引っかかり、彼の服ごと皮膚を引き裂いてしまう。

「くっ！」

胸に走る鋭い痛みにカルスは顔を歪める。

斬られた部分に赤い染みが浮かぶ。

腕を振り切り、なんとか拘束から抜け出したカルスは、傷を確認する。

痛みからそこまでの怪我ではない、すぐに魔法で傷を塞げば問題ないだろう。そう思っていたが、傷を見たカルスの顔が曇る。

「しま……っ」

ヴォルガが切り裂いた箇所。

偶然にもそこは心臓がある左胸であった。

そこは元々呪いによる黒い痣《あざ》があった場所だ。今その場所には呪いを抑える『魔法陣』が刻まれている。

いや、刻まれていた。

ヴォルガの攻撃はその魔法陣を引き裂き、破壊してしまっていた。

魔法陣には光の魔力が溜《た》め込まれており呪いを抑えている。それが壊れたということは、呪いを抑えるものがなくなったことを意味する。

五年もの間、抑え続けられていた呪い。溜まりに溜まったそれは歓喜と共に解き放たれる。

「光の浄《ラ・ルシ》――――」

急いで魔法を唱えようとするカルスだが、解き放たれた呪いはそれを許さず一瞬でカルスの体を乗っ取り……彼の意識は黒く染まり、消失した。

「きゃあああ！」

カルスの体より噴き出す黒いなにか。

まるで黒いスライムのような見た目をしたそれは、彼の体を包み込んだ後も広がり続け、試合場を覆い尽くそうとする。

「な、なんだこれ⁉」

「逃げろ！　こっち来るぞ！」

逃げ惑う観衆。

黒いそれは一瞬にして試合場一帯に広がると、今度は上方向に伸び試合場をドーム型に包み込んでしまった。

ドームの中にはカルスとヴォルガのみがいるかたちとなり、外と中は完全に切り離されてしまった。

「どうなってんだ……」

突然の事態に呆然《ぼうぜん》とする生徒たち。審判として来た教師ゴドベルですら困惑し動けなくなっていた。

そんな中、謎の黒いそれに怯《ひる》むことなく向かう生徒がいた。

「カルスを……返しなさいっ！」

赤髪の少女、クリス。

彼女は剣に炎を纏わせると、怖じけることなくそれに斬りかかった。

激しく炎が舞い、黒いそれの表面がジュウと焼ける。しかしそれはすぐに再生してしまい、中まで斬ることは出来なかった。

「何よこれ⁉　硬いしすぐ再生する！」

「私もお手伝いします……！」

動いたのはクリスだけではなかった。

聖女セシリア。彼女もまた呪いに怯むことなく立向かっていた。

「光の照射《ラ・ルクス》！」

放たれたのは眩《まばゆ》い光を放つ光線。

カルスの『光の浄化《ラ・ルシス》』を参考にして作られたその魔法は、強い光属性を内包しており呪いに強い効果を発揮する。

その光を受けた黒いそれは痛そうに蠢《うごめ》くが……破壊することは出来なかった。

「……この魔法でもダメなんて」

「諦めてる暇はないわ！　これがなんなのかは知らないけど……良くないものだってのは分かる。壊さないとカルスが危ない！」

それの危険性を肌で感じ取ったクリスは何度も斬りかかる。

しかし斬った先から再生してしまい、破壊することは出来なかった。

「……いったいどうなってるんだ」

一方、ドームの中で目を覚ましたヴォルガは困惑していた。

三百六十度どこを見渡しても黒く蠢くなにかで覆われている。外の様子は全く見えない。

外光も全て遮断されている。それなのに不気味なことに内部は明るくよく見えた。

目の前に立つ、それの存在も。

「……お友達。って感じじゃなさそうだな」

ヴォルガの数メートル先に蠢くは、黒いなにか。

かろうじて人型であることは分かるが、体がでこぼこしておりどちらが正面なのかも分からない。

だがその中にカルスがいることと、意思を持ったなにかがこの黒い膿《うみ》を動かしていることは分かった。

『…………』

人型の顔と思わしき所に赤い光が二つ灯る。どうやら目のつもりのようだ。

その恐ろしい双眸《そうぼう》はゆっくりとヴォルガを捉え……その後くぐもった、耳にへばりつくような恐ろしい声が放たれる。

『……タナ』

「んあ？」

『オマエ、カルスヲイジメたナ？』

次の瞬間、それの腕が高速で伸びてヴォルガの体を思い切り殴り飛ばした。

「が……っ⁉」

細い腕はそれほど力を持っているようには見えない。

しかしその一撃は巨体のヴォルガをいとも容易く吹き飛ばす力を持っていた。

腕の先端は棍棒《こんぼう》のように膨らんでおり、硬質化している。普通の人であれば体が粉々になってしまっていただろう。

幸い頑丈な体を持つヴォルガは人の体を留《とど》めてはいたが……そのダメージは大きかった。

「これは効くな……」

ガンガン痛む頭を押さえながらヴォルガは立ち上がる。

ここで気を失って見逃してくれる相手だとは思えない。戦う以外の選択肢は残されていなかった。

「なんだかよく分からないが……やるしかなさそうだな」

ヴォルガは自分に牙を剝いたそれを睨みつける。

黒い人型の異形からは、恐ろしく不気味な雰囲気《オーラ》を感じた。しかし中にほんの僅かだが、先程戦っていた少年の魔力をヴォルガは感じ取った。


――――いるのか、そこに。


事情は何一つ分からない。

だがそのようなことは彼にとって些事《さじ》だった。好敵手を救うため、ヴォルガは全力で謎の存在に挑む。

「雷の槍《リ・サクス》！」

雷の槍を生み出し、力の限り投擲《とうてき》する。

まるで雷そのもののような速度で飛来したそれは、相手の表面に突き刺さる。

しかし黒いそれは意に介した様子はない、表面を焦がした程度ではダメージはないようだ。

「雷の肉体《リ・バーフ》！」

今度は雷で肉体を強化し接近する。

黒いそれは再び腕を触手のように振り回し殴りかかってくるが、ヴォルガはそれを全て回避した。

（確かに速度は速い。しかし動きが直線的過ぎるぞ……！）

既に相手の動きを見切っていたヴォルガは嵐のような攻撃を全て掻い潜ると、黒いそれの頭部と思わしき箇所を殴り飛ばす。

岩ですら撃ち抜く攻撃、しかし黒いそれは少し体勢を崩しただけで全くダメージを与えられていなかった。

「嘘《うそ》だろ……⁉　こいつどんだけ硬いんだ⁉」

まるで巨大なゴムを殴ったような感覚。衝撃が全て分散されてしまっているとヴォルガは感じた。

何度も何度も殴り、蹴り、雷を打ち込む。しかしどの攻撃も有効打にはならなかった。

「これならどうだァ！　雷の噛咬《リ・バウ》ッ！」

両手に雷の牙を宿し、思いきり首元に噛《か》みつく。

しかしそんな渾身の攻撃も、わずかに相手の動きを止めただけであった。

『シツコい』

腕を高速で振り下ろし、ヴォルガの頭を強打する。

するとヴォルガの頭部は地面に叩きつけられ、そのまま地面に横たわってしまう。

「が……ッ⁉」

血反吐《ちへど》を吐くヴォルガ。あまりの衝撃に体が動かなくなってしまう。

大人と何度も手合わせをしたことがある彼だが、ここまで力の差を感じたのは初めてだった。

生物としての圧倒的な格の差。それがあることを思い知った。

『ソロソロ……シんデ？』

黒いそれは大きな手でヴォルガを持ち上げ……地面に叩きつける。

骨がきしみ、内臓が悲鳴を上げる。しかしヴォルガは気合で意識を保ち続けた。

「まだ、まだ……」

『シブトイ……』

ヴォルガの首根っこを掴んだまま、顔の近くに寄せ興味深そうに眺める。

するとヴォルガはそれの目を睨み、口を開く。

「おい、聞いているんだろう……？　いいのか、こんな終わり方で」

『？』

それは首を傾げる。

目の前のこれは何を言っているんだろうと。

「俺は嫌だぞ。俺が戦いたいのは貴様だ。こいつではない」

『……ウルサイ』

黒いそれは左手を巨大な針の形に変える。

「お前はこんなかたちで終わっていいのか？」

『ダマれ』

針の先端がヴォルガの胸に向けられる。

「こんな訳の分からない奴に、俺たちの戦いの邪魔をされていいのか！」

『ウルサい！　シねッ‼』

黒いそれは激高しながら針を突き出す。

ヴォルガは歯を食いしばり痛みに備える。しかしいつまで待ってもそれが彼を貫くことはなかった。

「……やっぱり聞こえてるじゃないか」

針はヴォルガに突き刺さる直前で止まった。

ほんの数センチ手前。ギリギリの位置だ。

『カ、ルス、ナンで……』

黒いなにかの体が振動する。

パキパキと体の表面にヒビが入り始め、その隙間から青い光が漏れ出してくる。

しかしまだそれは抵抗する。

『ボクがゼンブヤる！　チャンとコロセルから！』

ひび割れる部分を腕で抑え、それは必死に光を抑え込もうとする。

しかし光はどんどん強くなり、体を覆う黒いそれを瞬く間に砕き浄化していく。

『カル、ス――――』

最後にそう言葉を残し、黒いなにかは完全に消え去る。

そしてその中からカルスが姿を現す。

「――――ぷはっ！」

地面に転がるカルス。

試合場を包んでいたドームも壊れ、黒いそれは辺りから完全に消え去る。

「はあ、はあ……出られ……た」

カルスは呼吸を整え、なんとか立ち上がる。

すると正面には同じ様に疲れ切った感じで立つヴォルガの姿があった。

「……ごめんなさい。少し寝ちゃっていたみたいです」

「気にするな。それより……再開しようか」

「はい。よろしくお願いします」

聞きたいこと、分からないことはたくさんある。

しかし二人ともこの戦いに決着をつけること以上に優先したいことはなかった。

膨らみ、激突する両者の魔力。お互い次の一撃が最後の攻撃になることを理解していた。

「カルス様!!」

呪いのベールが解け、カルスの姿を見つけたセシリアは叫ぶ。

カルスは遠くから見ても分かるほど疲弊した様子だ。急いで回復させなければとセシリアは駆け寄ろうとするが……

「待ちなさい」

隣にいたクリスが、手首を掴みそれを止めた。

まさか止められると思っていなかったセシリアは、普段の彼女からは想像できない大きな声でクリスに尋ねる。

「なんで止めるのですか⁉　早く行かないと……」

「私だって行きたいわ。でも」

クリスはカルスを見る。

ふらふらだが立ち上がり、ヴォルガと向かい合っている。

「あいつはまだやる気よ。それを邪魔することは出来ない」

「ですが……」

反論しようとするセシリア。

だが彼女はクリスの手が震えていることに気づき、口をつぐむ。本当は誰より早く駆けよりたい、でも彼女はカルスの意思を尊重し、その気持ちを押し殺していた。

「……分かりました」

クリスの意思を汲《く》み、セシリアは止まる。

二人の少女は無事を祈りながら、静かにその決着を見守る。

「……いくぞ」

濃密な雷の魔力をまとったヴォルガは、髪の毛を逆立たせながら構える。

感じる魔力の質が今までの魔法とは明らかに違う。

冷たく、恐ろしさを感じる魔力。カルスはそれに込められているものを『殺気』だと感じ取った。

それを浴びせられたカルスの心の中に原始的な恐怖が生まれる。

だがカルスは逃げることなく真正面からそれを受け止める。

「セレナ、悪いけどもう少しだけ力を貸して」

「……まったく、あんなことがあったのに続けるなんて。本当にキミは無茶な子なんだから」

呆《あき》れたように呟くセレナ。

これ以上体を痛めるような真似はして欲しくないが……カルスが意外と頑固な性格であることを彼女は五年間ともに過ごしてよく知っていた。

「いいわ、思いっきりぶちかましなさい。だけどこれが終わったらお説教だからね！」

「うん！　じゃあ……いくよ！」

ヴォルガに対抗するようにカルスは魔力を溜め始める。

想像《イメージ》するのは魔力を抑える栓。それを全開まで開き、体に眠る全ての魔力を解き放つ。

するとカルスの全身を光の粒子が包み込み、尋常ならざる魔力が辺りに充満する。

「なんという魔力量……くく、そうこなくてはな」

笑うヴォルガ。

濃い魔力に当てられ、皮膚がピリつき産毛が逆立つ。

カルスがとてつもない魔力を秘めていることは察しがついていた。しかしそれでも今感じる魔力は想定を遥《はる》かに上回っていた。

ヴォルガはカルスを人生最大の好敵手と認め、禁じていた魔法の使用を解禁する。

「上等だ。貴様のような強者に出会えたこと、嬉しく思うぞ。その強さに敬意を表し……俺の最強魔法で相手しよう」

残存する魔力全てを凝縮。

そして深く集中し……詠唱を開始する。

「――――気高き祖狼《そろう》の雷《いかづち》よ」

詠唱、それは『上位魔法』を使用する時に行われる儀式。

「天を裂き、仇《あだ》なす数多《あまた》を滅し給《たま》え」

決められた文言を口にすることで精霊と心を共鳴させ、通常の魔法より遥かに強力な力を持つ『上位魔法』を発動するのだ。

「穿《うが》て。雷迅狼《ヴォルフ・リリ・バウガ》の嚙咬！」

雷で出来た巨大な狼が出現し、地面が揺れるほどの咆哮《ほうこう》を放つ。

今まで使われた魔法とは明らかに一線を画す強力な魔法。観戦する者たちも驚愕する。

そもそも上位魔法は大人の魔法使いでも使える者は少ない超高難度魔法。生徒は使える者はおろか見たことがある者すら少ない。驚くのは当然だ。しかし、

「凄い魔法ですね。でも僕だって……！」

それと正面から相対するカルスは少しも怯んでいなかった。

彼はセレナと無言で頷き合うと、ヴォルガと同じようにそれぞれの準備を始める。

「「――――廻《まわ》れ光の奔流よ」」

カルスとセレナ。二人の詠唱が重なり辺りに光の粒子が満ち始める。

「「魔を滅し、光溢《あふ》れる世界を齎《もたら》し給《たま》え」」

お互いの姿が見え、気心を知る関係だからこそ可能な完全共鳴。そこから放たれる魔法は……強い。

「「渦巻く光の奔流《トルネ・ライ・リーバ》‼」」

カルスの手から放たれたのは、巨大な光の竜巻。

それはヴォルガの生み出した雷狼の口に激突し、轟音《ごうおん》を立てながら押し返す。

「が、アアアアッ！」

ヴォルガは咆哮しながら魔力を必死に込める。

魔力の過剰消費により、全身が悲鳴をあげるが気にしない。今勝てればあとはどうでもいい。彼はそう思っていた。

『RUAAAAAAAA‼』

雷狼も呼応するように雄叫びを上げ、光の奔流をその大きな牙で噛み砕こうとする。

しかし一切勢いを落とすことのない光の奔流はジリジリと雷狼を後退させた。

「……確かに貴方は強い。でも魔力の多さなら負けない！」

何度も苦しみ、死にかけ続けたことで得た魔力《ギフト》。カルスはそれに絶対の自信を持っていた。

たとえ相手が天才的な武術の才を持っていようと、恵まれた体格を持っていようと関係ない。

カルスは魔力を振り絞り光の奔流を更に大きくさせる。

「が、あ……っ⁉」

光の奔流は遂に雷狼の顎に収まりきらぬ大きさとなり……それを破壊した。

遮るものがなくなった光の奔流はヴォルガめがけ突き進んでいく。

「全く……たいした奴だ」

そう言い残し、ヴォルガは光に飲み込まれ……意識を失った。

あまりの出来事に静まり返る試合場。そんな静寂の中で、ヴォルガの写身人形がパリンと音を立てて崩れる。

それに気づいた審判は急いで決闘の終了を宣言する。

「け、決着っ！　勝者カルス！」

その宣言とともに観客たちはわっと歓声をあげ、カルスは疲れたようにその場に座り込む。

「ふう……さすがに疲れた」

すると今まで観戦していたクリスとセシリアが彼の腕にしがみつく。その勢いに驚きカルスは「わわ⁉」と声を出す。

「全く……心配かけさせて……。でもおめでとう、よくやったわね！」

「本当に心配したのですから。治療しますので早く怪我を見せてください！」

「ちょ、一人ずつお願いします！」

二人にもみくちゃにされ、カルスは悲鳴を上げながらも嬉しそうに笑う。

「やったなカルス！　俺は信じてたぜ！」

彼の勝利を讃《たた》えジャックたちも集まってくる。

だがカルスは嬉しさとともに、後ろめたさも感じていた。なぜなら彼らに自分の呪いを見られてしまっていたからだ。

（みんなになんて言えばいいんだろう……）

仲のいい友人といえど、いや仲がいいからこそ呪いのことは話せない。話せば自分の問題に巻き込んでしまうことになるからだ。

どうしようとカルスは悩む。

すると上空から一人の人物が試合上の中心に落ちてくる。

紫色のローブととんがり帽子を身にまとった女性。その手には高級そうな魔法杖《つえ》が握られている。

「やれやれ……世話の焼ける」

その人物は困ったようにそう言うと……杖から激しい閃光を発生させる。

「へ？」

広場を埋め尽くすほどの光を受け、そこにいた者たちは次々に意識を失う。

それはカルスも例外ではなく、あっという間に意識を眩い光に飲み込まれ、気を失ってしまうのだった。

◆　◆　◆

「んん……っ」

体の節々に痛みを感じながら、僕は目を覚ます。

ここは……どこだろう？　視界にまず映ったのは見知らぬ天井、明らかに僕の住んでいる家ではない。

起き上がって辺りを見渡してみるけど、やっぱり知らない場所だった。

部屋のあちこちに本や薬草、魔道具のような物が置かれている。

あ、あの本今度読みたいと思ってたやつだ。今は絶対そんなことしている場合じゃないけど、読みたい欲求に駆られる。すると、

「その本が気になるなら持って帰るといい。もう私の頭の中に入っているからね」

「いえそれは申し訳な……って、えっ⁉」

声のした方向に顔を向けると、そこには黒いローブを身にまとったおばあさんがいた。

いったいいつからそこにいたんだろう。

「どうやらすっかり元気のようだ。若いというのは素晴らしいものさね」

そう言っておばあさんは柔和な笑みを浮かべる。

何があったかは分からないけど、この人のお世話になったみたいだ。

「えと、あなたは……」

「おや。私が誰だか分からないのかい」

おばあさんはそう言って黒いとんがり帽子を目深に被る。

すると途端に僕の知っている人の姿になる。

「……が、学園長⁉」

「ふふ。正解」

僕の目の前にいるのは魔法学園の学園長、ローラ・マグノリアさんだった。

学園の集会で遠くから見たことはあったけど、いつもは特徴的な帽子を深く被っているので気が付かなかった。

「あ」

そうだ、やっと思い出した。

試合が終わったと思ったら突然学園長が上からやってきて……あれ、どうなったんだっけ。よく思い出せない。いやそれよりも、

「なんで学園長が僕を……？」

「そんな堅苦しい呼び方はおよし。ローラでいいよ」

「分かりました。えと、ローラさん」

僕の返事に満足したように頷いたローラさんは、紅茶を淹《い》れ僕に差し出してくれる。

その紅茶はよく見るとほんのり光っている。僕はこの紅茶に見覚えがあった。

「これって光魔法で育てた茶葉で作ったものですよね？」

「おや、よく知ってるさね。さすがはあいつの弟子といったところか」

「……え⁉」

僕はその言葉に驚き距離を取る。

なんでこの人がそれを知っているの⁉　僕に師匠がいることは秘密のはずなのに。

「まだ傷は完全には癒えていない。暴れると後に響くよ」

僕の警戒など意に介さずローラさんは僕の近くのテーブルに紅茶を置く。

いったい何が起きてるんだ？　なんで僕はここにいて、なんでこの人は師匠のことを知っているんだ？

紅茶を口にしたローラさんは僕の方を見て、口を開く。

「カルス。私が『賢者』であることは知っているね」

「はい、もちろんです。ですから学園長に抜擢《ばってき》されたんですよね」

魔法学園はレディヴィア王国と魔術協会の共同運営組織。そのトップである学園長の座に、賢者以上に相応《ふさわ》しい人物はいないだろう。

ローラさんは昔から賢者として第一線で活躍してきた超一流の魔法使いだ。知名度的にもこの人が学園長になるのは納得だ。

「私も魔術協会に所属して四十年を超す……当然あの老いぼれとも長い付き合いってわけだ」

「老いぼれってまさか師匠のことを言っています？」

「ああそうともさ。あんたの師匠、ゴーリィとは長い仲になる。それなのにあいつめ、私に黙って賢者を辞めてからに。おかげでこっちがどれだけ大変だったか……」

ぶつぶつと文句を言うローラさん。

言葉こそ怒りと恨みがこもっていたけど、どこかその様子は楽しげでもあった。

それを見ただけで僕は、二人がどんな関係なのかを察した。

「師匠とは仲がいいんですね」

「ふ、そう見えるかい？　まああいつと私にも色々あった。何回か本気で殺し合ったこともあったけど……今では笑い話さね」

昔を懐かしむようにローラさんは言う。

二人は戦友みたいな感じなのかな？　今度色々聞いてみたいな。

「じゃあローラさんは僕のことを師匠に聞いていたんですね？」

「そういうことだ。あんたが決闘をすると聞いて一応監視していたのさ。そしたらあんなことになるから驚いたよ」

「うう、ごめんなさい……」

まさかあんな大事故が起こるなんて思わなかった。

これからは今以上に気をつけないと。

「まあそれはいい。あの堅物に貸しを作るのも悪くないからねえ。ああ、ちなみに会長はこのことを知らないから安心しなさい」

それを聞いて僕はホッと胸をなで下ろす。

魔術協会の会長、エミリアさん。あの人に動向を知られるのは怖い。いったい何をされるか分かったものじゃない。

それにしても魔法学園で一番偉い人が味方なのはとても頼もしい。師匠には感謝してもしきれないや。

でも安心したのも束の間、僕はマズいことを思い出す。

「……あ、そういえばみんなの前で呪いを出しちゃったんです。でもまだみんなにはそのことを知られたくなくて、どうしたらいいですか⁉」

「安心するといい。それも既に手を打ってある」

そう言ってローラさんは杖を持ち、その先端に光を灯す。

怪しく揺らめく不思議な光だ……見たことがない魔法だ。

「魔術『忘却の光《オブリビオン》』。光属性の『元に戻す力』を利用し、特定の記憶を消すことができる魔術さね」

「それを使ったってことはみんな呪いのことを忘れているってことですか⁉」

「ああ、その通りさね。明日からまた普通に学園に通えるよ」

「本当によかった……ありがとうございます……！」

僕は心底ほっとする。

本当によかった。呪いのことがバレたら学園にいられなかっただろう。ローラさんには感謝してもしきれないや。

「それにしてもローラさんも光魔法を使えるんですね。驚きました」

「私に光魔法は使えないよ。魔法と魔術は別物だからねえ」

そういえばそうだった。

魔術は精霊の力を借りず、自分の演算能力のみで魔法に似た現象を起こすこと……だったはず。

たとえ光の精霊に選ばれていなかったとしても、光属性の魔力を用意出来れば光の魔術を使うことができるんだ。

「その魔術のことって詳しく聞いてもいいですか？」

「悪いが今授業をする気はないよ。それよりもほら、話すべき相手がいるだろう」

そう言ってローラさんは指をパチリと鳴らす。

すると部屋の扉が開いて……僕がさっきまで戦っていた相手、ヴォルガさんが部屋の中に入ってきた。

近くにやってきた彼は、僕の顔を見てニッと笑う。

「ボロボロだな……お互いに」

「ふふ、そうですね」

表面的な傷こそ魔法で塞いでもらったけど、体の節々の痛みは残っていてお互い動きがぎこちない。揃《そろ》ってそんな動きをするものだから僕たちは噴き出し笑ってしまう。

「いい勝負だった。いい一撃を貰ったせいか最後の方は記憶が曖昧だが、負けたこと、そして楽しかったことは覚えている。見事だ」

どうやらちゃんと呪いのことは忘れているみたいだ。

呪いに侵された僕が意識を取り戻せたのはヴォルガさんが呼びかけ続けてくれたおかげだ。そのお礼を言いたかったけど、それが叶《かな》わないのは残念だ。

「ヴォルガさんも凄かったです。僕は運が良かっただけですよ」

「そんなことはない。今の俺ではお前に勝てるビジョンが浮かばないからな。また一から鍛え直しだ」

凄い戦士であるヴォルガさんにそう言ってもらえるのは素直に嬉しい。僕の五年間はちゃんと実を結んでいたんだ。

「そうだ。派閥の話だが……約束した通り引き受けよう。俺の名でよければ好きなだけ使ってくれて構わない」

「あ。そういえばそんな話でしたね」

「おい。お前が忘れるのか」

びしっ、とヴォルガさんが突っ込んでくる。

そのやり取りはまるで普通の友達どうしみたいで……僕たちはまたおかしくて笑ってしまう。知り合ってからまだ一日しか経っていないけど、なんだかヴォルガさんとは長い付き合いのように感じてしまう。

それほどまでにあの決闘で僕たちは自分のことを語り合った。

「くくく。なあ、もういいよなカルス。俺はお前が気に入った、友人になってくれ」

「うんもちろん。こっちこそよろしくねヴォルガ」

そう言って僕はヴォルガの大きくて硬い手と握手をする。

新しく出来た頼もしい友人。彼にはこの先も長いことお世話になるのだった。

◇◇◇

ヴォルガが味方に加わったことで、派閥騒動は面白いほどあっさり終息した。

もともとこの派閥騒動は生徒のほとんどが嫌々巻き込まれていたものだ。セシリアさんにサリアさん、そしてヴォルガといった力を持った生徒が手を組み反対すれば他の生徒たちもそれにすぐ乗っかってくれる。

力ずくという手段を取れなくなったことで、嫌々マルスさんについていた人は一瞬で彼のもとを離れた。脅しによる効果が効かなくなったんだ、そうなって当然だ。

そしてマルスさんが脅威でなくなったラティナさんは自ら派閥を解散した。それでもラティナさんの周りには常に彼女を慕う人がたくさんいるんだから彼女のカリスマ性は本物だ。

マルスさんは往生際が悪くてしばらく去った人を集めようとしていたみたいだけど、それも上手《うま》くいかなかったみたいだ。

「お、おい！　お前よくも……！」

ヴォルガとの決闘から一週間ほど立ったある日、昼食を取ろうと校舎の外を歩いているとマルスさんに絡まれた。

彼の周りには二人の生徒が付き従っている。どうやら残ってくれた人もいたみたいだ。

「こんにちはマルスさん。なにかご用でしょうか？」

「どうしたもこうしたもない！　お前のせいで私の計画はめちゃくちゃだ！」

マルスさんは怒りに満ちた目でこちらを見てくる。

むう、まさかここまで怒るなんて。一番平和的に解決できる道を選んだはずだけど、どうやらマルスさんからしたら屈辱的な方法だったみたいだ。

周りに人の目があるところで怒鳴り散らしてくるなんて冷静じゃない証拠だ。どうしよう……。

「お前さえ、お前さえいなければ……っ！」

マルスさんは胸元から短杖《たんじょう》を取り出し構える。

え、こんな所で魔法を使うつもりなの？

周りには関係ない生徒もいるし危ない。なんとか止めなきゃ、そう思うと僕の後ろにいた友達がずいと出てきてマルスさんの前に立ちはだかる。

「なんだ？　話なら俺が聞くぞ」

「お前は……！」

マルスさんの前に立ちふさがったのはヴォルガだ。

彼に睨まれたマルスさんは悔しげに顔を歪める。

「なぜお前が邪魔をする！」

「友人の危機を救うは人として当然のことだ。それにいきなりボスに挑むものじゃない。こいつに負けた俺が前座を務めようじゃないか」

「ボスて」

思わず突っ込む。

ヴォルガはよく僕のことを持ち上げてくれるのだけれど、その度にむず痒《がゆ》くなる。

「どうだ？　やるのか、やらないのかはっきりしろ。別に俺は三人がかりでも構わないのだぞ」

「ぐ、う……っ」

マルスさんは言葉に詰まる。

怒りか羞恥か。顔は真っ赤になっている。

「くく、出来ないよな。杖に頼らなければ満足に戦えない貴様が俺に敵うはずがない」

杖は魔法を安定させる補助器具だ。

便利な物だけど、それに頼ってしまうと杖なしでは魔法を使えない半人前になってしまうという。

だから師匠は僕に杖がなくても魔法が使えるように教えてくれた。

「クソっ！　覚えてろ！」

マルスさんはそう捨て台詞《ぜりふ》を残して去っていった。

正直賢明な判断だ。感じる魔力量からしてもあの人じゃヴォルガに敵うわけがないと思う。

「ふん。情けない奴だ」

「あんまりそういうこと言ったら可哀想《かわいそう》だよ」

「カルスは甘いな。ああいう手合いは一度心を折っておいた方が世のためだ」

呆れたようにヴォルガは言う。

確かに放っておいたら危ないことをする人かもしれない。でも、

「僕が悪戯《いたずら》に人を傷つけてしまったら、悲しむ人がいる。だからこれでいいんだ」

「……そうか。俺からしたら甘い話だが、手を汚すような人間は少ないほうがいい。明るい道を進めるのならそれに越したことはない」

「それって自分は手を汚してもいいって思ってない？　ヴォルガだって明るい道を行けるよ。そんなふうに考えないでほしいな」

そう言うとヴォルガは驚いたように目を丸くした後、おかしそうに「ぷっ」と笑う。

「本当に変わった奴だお前は。だがそうだな……そういう道も悪くないかもしれないな」

ヴォルガはすっきりとした表情でそう言うのだった。

◆　◆　◆

――――夜の王都。

とある貴族の邸宅の一室で、苛立たしげに大きな声を出すものがいた。

「クソッ！　あと少し……あと少しだったのにあいつめッ！」

そう言って椅子を蹴飛ばし、物に当たっているのはレッセフェード家の次男、マルスであった。

カルスの作戦により、彼は自分の傘下についた者のほとんどを失い自暴自棄になっていた。

部屋のあちこちには空いた酒瓶が転がっており、品のいい小物類は根こそぎ投げられ壊れてしまっている。

「このままじゃ俺に上がり目はない……どうすれば……」

マルスは自分が他の生徒たちから冷たい視線を向けられていることを自覚していた。

あれだけ強引な勧誘を行ったにもかかわらず失敗したのだ。かねてから彼を疎ましく思っていた者はもちろん、一時は味方になってくれていた者たちもマルスに冷ややかな目を向けていた。

これでは学園で大きな派閥を作り成功するなど夢のまた夢。

多くの生徒から疎まれているこの状況では無事卒業できるかすら怪しい。

「あいつが悪いんだ……あいつさえ現れなければ……っ！」

マルスの頭に浮かぶのは白髪の少年の顔。

あいつが現れるまでは上手くいってたのにと恨みの言葉をぶつぶつと呟く。

ストレスが極限まで膨れ上がった彼は、ついに踏み越えてはいけない一線を越える決意をしてしまう。

「そうだ……あいつがいなくなればいいんだ……」

カルスが消えたとしても状況が戻るわけではない。むしろ悪化する可能性のほうが高いだろう。

しかしそんな当たり前のことすらマルスは分からなくなっていた。

「まぐれとはいえ、あいつはあの獣人を倒している。ならず者じゃあ分が悪いな。……少し値は張るが暗殺者《アサシン》を雇うか」

胸の内に宿る狂気は膨らみ、加速する。

カルス暗殺計画に真剣になり始めるマルス。すると突然部屋の明かりが消え、部屋が闇に包まれる。

「な、なんだ⁉」

マルスは慌てながら部屋に付けられている魔石灯《ませきとう》に光を灯す。

すると部屋の中に先程まではいなかった黒ずくめの人物が現れたではないか。

「だ、誰だお前はっ⁉」

驚き腰を抜かすマルス。

音もなく現れた黒ずくめの人物は、顔を布で覆っているためその表情は分からない。しかしその瞳がある箇所はマルスをしっかりと捉えていた。

体のラインがよく分かるぴっちりとした服を着ているため、その人物が女性であることは分かった。無駄のないすらりとした肉体は、野生動物のような美しさを持っている。

そして頭頂部から耳が、お尻から長い尻尾が出ているため『獣人』であることも見て取れた。

「……『いなくなればいい』だの『暗殺者《アサシン》』だの最近の子どもは物騒ですね……」

ゆっくりと歩きながらその人物は話す。口も布で覆われているため声はくぐもっているが、声は女性のものだった。

「せっかく光の当たる場所で生きられるというのに理解に苦しみます。それほどまでに権力が欲しいのですか？」

「だ、黙れ！　ここはレッセフェード家の邸宅だぞ！　コソ泥が入っていいような場所ではない！」

そう言ってマルスは杖を取り出し、その先端を女性に向けようとする。

しかしそれよりも早く女性の脚が動き、彼の腹部に突き刺さる。

「が……っ⁉」

吹き飛んだマルスは背中を壁に強く打ち付け、その場に崩れ落ちる。

あまりの衝撃に肺が縮み呼吸困難に陥る。

「な、んだ貴様……なに、が、目的だ……」

「私は『K』。王国に仇なす者を滅ぼす者です」

Kと名乗った女性は言葉を続ける。

「学園でくだらぬ権力ごっこをするだけであれば見逃されたというのに。愚かな」

そう言って彼女はマルスの右手を踏み潰す。

ごり、という音とともに彼の右手の骨が砕ける。あまりの痛みにマルスは声にならない声をあげ悶絶する。

「き、さま……こんなことしてただで済むと……」

「この一件は貴方のお父上には話しております。息子さんに国家反逆の疑いがかかっていると言ったら、喜んで貴方の身を差し出してくれましたよ」

「そん、な……」

マルスの顔が絶望に染まる。

時間を稼げば騒ぎを聞きつけ、誰かが助けに来てくれると思っていた。しかしその淡い希望すらも打ち砕かれてしまった。

死にたくない。マルスはなにか生き延びる方法はないかと女性を必死に観察する。そして彼はあることに気がつく。

「その黒い装束……まさか『暗部』か⁉　国王が変わった際に解体されたはずじゃあ……」

「その名を知っているとはよほど悪い友達がいるみたいですね。全て吐いてもらってから処理するとしましょう」

『暗部』とは王国を裏から守る暗殺集団の名称だ。

諜報《ちょうほう》、暗殺など公には出来ない汚れた行為を行う凄腕の集団であり、前王が在位していた時は活発に活動していた。

ガリウスが王位を継いでからは解体されたと言われていたが……彼らは完全には消えていなかった。

「私たちは以前よりも深く、濃く闇に溶け込みました。その存在を誰からも知られぬように。そして貴方のような王国に仇《あだ》なす存在を秘密裏《り》に処理しているのです」

「ちょ、ちょっと待ってくれ！　それは分かるがなんで私を処理することになるんだ！　ただの平民を手に掛けようとしただけじゃないか！」

間違った疑いをかけられているのかと思ったマルスはなんとか立ち上がり弁明するが、彼女から殺気は消えない。それどころか先程までよりも強くなったとすら感じる。

ここで初めてマルスは自分が冒した間違いに気づく。

「まさか、あいつが……？」

「それは知らなくてよいことです」

目にも留《と》まらぬ速さで放たれた手刀がマルスの首を強く打ち、彼は攻撃されたという自覚もないまま意識を失う。

倒れる彼を受け止めた女性は、彼を肩に担ぐと窓から外に飛び出る。

人ひとり抱えているとは思えない軽やかさで屋根の上を移動する彼女は、夜の王都を見ながら呟く。

「……やっぱりこんな仕事はシズクっちにはやらせられないにゃあ」

暗部から離れ、幸せに暮らしていた友人の顔を思い浮かべる。

羨ましいという気持ちは正直ある。

しかし彼女……ミケにとって友人の幸せは自分の幸せよりも大事なものであった。

「さて、お仕事に戻りにゃすか」

王都の、そしてなにより友人の笑顔を守るため、黒き獣は再び夜闇に消え去るのだった。

◆　◆　◆

「……にしても本当に平和になったよな」

ある日いつものように友達たちと外で昼食をとっていると、突然ジャックがそう言い出した。

「どうしたの急に」

「いやだってよ、先週まで色々あったから急に平和になってなんかムズムズするんだよ」

確かにジャックの言う通り最近は大変なことが立て続けに起きた。

時計塔でサリアさんと会ったのを皮切りに、セシリアさんとの出会い、派閥騒動、そしてヴォルガとの決闘ととても忙しい毎日だった。

ジャックは派閥騒動からしか関わってないけど、それでも気苦労をかけてしまったみたいだ。

巻き込んじゃってごめん、そう言おうとした瞬間、この場にいるもう一人の友人が口を挟んでくる。

「あの程度で疲れるとは軟弱だな。貴様本当にAクラスの生徒か?」

煽《あお》るようにそう言ったのはヴォルガだった。

現在僕たちは三人でご飯を食べているけど、ジャックとヴォルガの仲はそれほど良くない。二人には仲良くしてほしいけど、相性がいまいちみたいだ。

ちなみにクリスは今日他の友達とご飯を食べている。

人見知りなところのある僕と違ってクリスはガンガン他の人と距離を詰めることができる。羨ましい限りだ。

でもそのくせ僕が他の人と仲良くしようとしていると横入りしてくる時がある、なんでだろう?

そんなことを考えてる間に二人の口論はヒートアップしてしまう。

「なんだ? やけにつっかかってくるじゃねえか」

「ふん。近くで泣き言を言われては飯が不味《まず》くなるのでな」

バチバチと視線をぶつけ合う二人。

あわわわ……

「ていうかなんでお前がAクラスに来てるんだよ！　元々上流クラスだったろうがお前は！」

そう、なんとヴォルガは上流クラス所属だったのに、僕たちのAクラスに入ってきたんだ。

なんでもAクラスに入る能力を持っていると判定された人は、入学して一ヵ月以内であれば他のクラスに入っていてもAクラスに途中から入ってよいという規則があるらしい。

基本的には一度決まったクラスは次の学期が始まるまで変えられないけど、Aクラスの実力を持ってる人には特例措置があるんだね。生徒手帳のすみっこに書かれているようなことなので僕も知らなかった。

「元々学園に来たのは父上に言われて『嫌々』だった。だから上流クラスで適当に時間を潰す予定だったが……カルスのような面白い奴がいるなら話は別だ。本気で勉学に取り組んでみるのも良さそうだと思ったんだ」

ヴォルガは楽しそうにそう語る。

まさか僕がそんな影響を与えてしまうことになるなんて思わなかった。

驚いたけど……嬉しい。

学園生活がもっと楽しく賑《にぎ》やかになりそうだ。

そんなことを考えていると、不意に後ろから声をかけられる。

「やっ、元気してる？」

「へ？」

声のする方向に振り返ってみると、そこにはラティナさんがいた。

そういえば派閥騒動が終わってから一度も会ってなかった。一回くらい挨拶に行ったほうがよかったかな？

僕は立ち上がりラティナさんの前に行って頭を下げる。

「こんにちはラティナさん。ご挨拶に行けず申し訳ありません。ラティナさんがすぐに派閥を解いてくださり助かりました」

「助かったのはこっちだよカルスくん。君が動いてくれたおかげでやっと面倒くさいアレが終わったからね。感謝してるよん」

そう言ってラティナさんは心底楽しそうに笑う。

面倒ごとが嫌いそうなタイプだから本当に派閥争いが嫌だったんだろうね。ありがたく感謝を受け取っておこう。

「えっと……誰だっけ。あの青い髪のうるさい子」

「マルスさんのことですね。ラティナさん、本当にあの人に興味がなかったんですね……」

名前すら覚えてないとは自由人過ぎる。

僕の名前は忘れてなくて良かった。

「それ。そのマルなんとかくん。なんだか学園やめちゃったみたいだね。ほんのちょびっと可哀想だけど、これでもう面倒くさいことにはならなそうだね」

「そうですね。少し罪悪感はありますが……」

騒動が落ち着いてすぐ、マルスさんは学園をやめてしまった。

理由は周りには言ってないみたいで分からなかったけど、どうやら王都からもいなくなってしまったらしい。

正直仕返しの一回くらいしてきそうだったから意外だ。

学園から追い出すようなかたちになっちゃったのは悪いけど、正直ホッとしている。これで学園生活に集中できる。

「ま、とにかく君には感謝してるよ！　なにか困ったことがあったら私を頼ってくれたまえ！」

そう言ってラティナさんは僕の手を一回両手でぎゅっと握る。そして少しかがんで僕の目をジッと覗《のぞ》き込んだかと思うと、ウィンクして去っていった。

なんというか……かっこいい人だ。男女問わず人気があるのも分かる。

「おいカルス、なに呆《ほう》けてるんだよ。お前の鬼嫁に言うぞ」

「やめてよジャック。僕とクリスはそういうんじゃないよ」

友人のいつものからかいをスルーして席に戻る。

確かにラティナさんの行動には少しドキドキしたけど、恋をしたみたいなのはない。ジャックはモテたい欲求が強いからなのかすぐ色恋沙汰に持っていこうとする。

「確かにカルスはいい顔をしてるとは思うが、ラティナ先輩はやめておいた方がいいと思うぜ。あの人は凄い人気だし……なにより悪女な感じがビンビンする。いいように弄《もてあそ》ばれてお終《しま》いだ」

「だからそういうんじゃないって」

そう言うけどジャックの話は止まらない。どれだけラティナさんの話がしたいんだ……

「それに最近先輩が街で若い男と楽しそうに歩いてるって話も聞く。その一緒だった男もたいそう顔が良かったみたいだぜ？　おそらくそいつも貴族だろうな、俺たちみたいな平民にゃ手の届かない高嶺《たかね》の花だよ」

「……やけに詳しいね。お近づきになりたいのはジャックの方なんじゃないの？」

なんとなしにそう尋ねると、ジャックのよく回っていた舌がピタリと止まる。

一体どうしたんだろうと思っていると、急にジャックはドバっと涙を流す。

「そうだったら悪いのかよ！　俺だって小悪魔な先輩に弄ばれてえよ！」

そう言っておんおんと泣き出すジャック。

あーあー、顔がぐちゃぐちゃだ。

「ほらジャック、このハンカチで涙拭きなよ」

「うう、すまねえ……」

「ちょ、鼻かんでいいとは言ってないよ⁉」

「本当に騒がしい奴らだ。これは退屈しそうにないな」

僕たちの日常は騒がしく楽しく過ぎていく。

本当はもっと呪いのこととかを考えなければいけないのかもしれない。でも少しだけこの幸せな時間の中で辛いことを忘れていてもいいよね。

そう自分に言い聞かせるように思うのだった。

◆　◆　◆

「～～♪」

上機嫌に鼻歌を歌いながら歩く一人の生徒がいた。

揺れる若草色の髪、幼さを残しながらもどこか色気を感じる整った顔、そしてスラリと引き締まった肢体。同性であっても見とれてしまう者がいるのも頷ける。

彼女の名前はラティィナ・リリエノーラ。

モデル業をこなしながら魔法学園に通う生徒で、ちょっとした有名人だ。

日課のショッピングを終え、大量の荷物を魔法で浮かせながら運ぶ彼女は、自宅の扉を開き中に入る。

「ただいまー」

しんと静まった家の中でそう言うと、浮かせた荷物を端っこに置く。中に入っているのは全て洋服だ。現代では服の流行は日毎に変わっていく。好きなことには勉強熱心な彼女は頻繁に服を買い勉強を怠らなかった。

もっともこんなことができるのは、実家が裕福だからではあるが……

「……あれ？　誰もいないと思ってたのにいたんだ」

リビングに足を踏み入れたラティナは、ソファに腰掛ける人物を見てそう言った。

そこにいたのはサラサラの緑色の髪が特徴的な美少年だった。

歳《とし》はラティナより少し下に見える。彼はラティナの後ろに見える大量の荷物を見ると、呆れたように口を開く。

「またそんなに買ったのか。この前もたくさん買っていたじゃないか」

「流行は毎日変わっているの。これでもだいぶセーブしたんだから」

悪びれずそう言う彼女に、少年はやれやれと首を振る。

ラティナは座る少年の横に腰掛けると、甘えた声を出しながら寄りかかる。

「ねえおじさん？　私まだ欲しい物があって……」

「分かったから気持ち悪い声を出すな強欲娘め。本当にお前はあの人に性格は似てないな。顔は似ているというのに……」

少年は嫌そうな表情をしながらラティナの整った顔を見る。

その言葉の意味が分からない彼女は頭に「?」マークを浮かべ首を傾げる。

「あの人ってだあれ？」

「……お前には関係ない話だ。それより学園はどうなんだ、なにか面白い話はないのか？」

「あっ、そういえば……」

ラティナは自分より若く見える「おじさん」に、学園で起きたことを話す。

その話の中にはもちろん派閥争いのこともあって……

「くく、そうか。彼は楽しくやっているようだな」

その話の中に出てきた少年の名前を聞き、彼は悪い笑みを浮かべる。

「どうしたのおじさん。もしかして知り合いだった？」

「ああ、少しな」

「だったら会いに行けばいいのに。学園の関係者なんだから入れるでしょ」

「前にも言っただろう？　今私は学園に入ることが出来ない。だからこうしてお前に聞いているんじゃないか」

「あー……そうだったっけ？」

すっとぼけるラティナを見て、彼女の保護者的立場である魔術協会会長エミリアは「お前という奴は……」と呆れたようにため息をつく。

「まあいい。とにかく学園でなにかあったらまた教えるんだぞ」

「はーい」

能天気に返事をするラティナ。

彼女とエミリアは血こそ繋がっていないが本当の親戚のような存在。その頼みを断る理由はなかった。

用は済んだとばかりにエミリアは立ち上がり、この場を後にしようとする。

扉に手をかけ開けようとしたその時、彼が思い出したかのように口を開く。

「……そうだ。近々王都で良くないことが起きる。お前なら大丈夫だろうが気をつけることだ」

「へ？」

らしくない忠告にラティナは首を傾げる。

エミリアは彼女の保護者的な役割をしているが、基本的に放任主義であり、いちいちこのようなことは言ってこない。つまりそれはよほど大きなことが起きるということの証左であった。

「分かった。気をつける」

「それでいい。じゃあな」

エミリアは満足したようにそう言うと、彼女の元を立ち去るのだった。

◯用語事典Ⅵ

獣人

獣の特性を持つ人型種族の総称。
人間よりも身体能力に秀でるが、魔法能力は劣る傾向にある。
犬や猫の特性を持つ種族が多いが、鳥の特性を持つ『ハーピー』など
多くの種類がいる。
蜥蜴人《リザードマン》や人魚なども これに当たるが、
全身を体毛に覆われてない種族は『亜人』の括りに入れられることが多い。
かつては下等種族として人間に迫害されていたが、
現在は差別の目を向けられることは少なくなった。

写身人形

特別な石を人型に削り出して作られた人形。
魔力を流すとその主とリンクし、その者が傷を負うと人形にもヒビが入る。
かつて決闘が盛んに行われていた時代には、決闘により死者が多く発生した。
しかしこの人形が開発されてからは死者の数が目に見えて減った。

呪闘法

呪いの力を利用し、自らの力として扱う闘法。
その歴史は古く、神がいた時代まで遡る。
自らの魔力も精霊の力も借りないその技は、
魔法と魔術、そのどちらにも属さない原始的な魔力現象である。

エピローグ

呪いを御する者

暗く、冷たい階段を下りる。

最初通った時は怖く感じたこの道も、何回か通ったことで何も感じなくなった。

目的地にたどり着いた僕は、扉を開けて中に入る。

「……おやカルス。来てくれたのか。ちょうど暇を持て余していたところだ」

その部屋の主は、そう言って笑みを浮かべた。

「暇を持て余してたって……忙しい時があるのですか?」

「ふふふ、手厳しい質問だ。確かにここに封じられて幾星霜、忙しい時などなかったかもしれないな」

月の魔法使いルナさん。

古い時代の魔法使いである彼女は、時計塔地下の部屋に幽閉されている。

一体なぜそれほど恐れられたのか。彼女は硬い石の椅子に座らされ、両手足を特殊なナイフで手すりと地面に縫い付けられてしまっている。

もしかしたら関わるべきではないのかもしれない。

しかし『月の魔力』は呪いを解くのに必要なピースだと思う。多少の危険を冒してでも交流する利点はあるはずだ。

それに……僕はこの人が悪い人には見えない。

確かにミステリアスな所はある。全てのことを話してくれはしないと思う。

それでも僕にはこの人が悪人だとはとても思えなかった。

「そういえばこの前、同級生と学園で試合をしたんです」

僕は部屋の掃除をしながらそう切り出した。

僕はちょくちょくルナさんのところを訪れては部屋の掃除をしながらお喋《しゃべ》りをしている。

長年放置されていたこの部屋は埃《ほこり》が積もってしまっているし、風化してしまった本などもある。

部屋から出られないルナさんが少しでも快適な生活を送れればと僕が勝手に始めたことだ。

「ああ知っているとも。いい戦いだったたな」

「え？　なんで知っているんですか？」

「あれだけ上で煩《うるさ》くされれば、嫌でも気づくさ」

「そう……なんですかね」

いくらなんでも地下室にまで音は響かないと思うんだけどなあ。

相変わらず謎の多い人だ。

「君が私に聞きたいのは呪いに体を乗っ取られた時のことだろう？　まさかあのタイミングで呪いが目覚めるとは私も思わなかったよ。災難だったね」

「え……」

聞こうとしたことまで、ズバリ言い当てられてしまう。

心の内まで見透かされているみたいで、少し恐怖を感じる。この人はいったい、どこまで把握しているんだろう。

「……はい、その通りです。運悪く呪いの部分に攻撃が当たってしまって、封印されていた呪いが解放されてしまいました」

あの時の感覚は今でも覚えている。

まるで黒い沼に全身が沈み、地の底まで深く深く引き摺《ず》り込まれる感覚。思い出すだけで身の毛がよだつ。

僕はなんとか意識を取り戻すことが出来たんだけど、その時助けになった物があった。

「呪いに飲まれて、もう駄目だって思った時に、ルナさんにいただいたこの首飾り『月《つき》の守護聖印《アミュレット》』が青く光ったんです。僕はがむしゃらにその光に手を伸ばして『助かりたい』と強く願いました。するとその瞬間呪いが砕けて意識を取り戻すことが出来たんです」

「……ほう。命の危機に陥って、一時的にだが月の魔力を行使可能になったといったところか。たいしたものだ」

「もしこれがなければ僕は呪いに飲まれていたままかもしれません。本当にありがとうございます」

そう言って頭を下げる。

もし元に戻るのが少しでも遅れていたら、ヴォルガを手にかけてしまっていたかもしれない。

そうなったらお終いだ。もう学園にはいられなくなってただろう。

「礼を言う必要はない。私が与えたそれはきっかけに過ぎない。君は自分の力で助かっただけ。所詮他者が与えられる影響など瑣末《さまつ》なもの。人は自分でしか自分を助けられないのだよ」

どこか寂しげに語るルナさん。

この人も色々あったんだろうね。いつか話してくれる時が来てくれると嬉《うれ》しいな。

「見たところ新しい封印を呪いに施したようだが、それではまたなにかの拍子に呪いに乗っ取られるだろう。そもそも魔力の類《たぐい》は『封印』出来るようなものではない。それでは悪手だ」

「え、そうなんですか?」

「そうだ。封印した魔力は溜《た》まり、凝縮され、手がつけられなくなってしまう。君も分かるだろう?」

呪いが解放されてしまったあの時を思い出す。

五年間封印され、外に出てなかった呪いは凝縮され、とても強力なものになっていた。そのせいで僕の意識は一瞬で奪われてしまったんだ。

「『愚者《ぐしゃ》の蓋《ふた》』という言葉がある。愚か者ほど問題に蓋をし、解決したつもりになってしまう。蓋をしたところで呪いの力は弱くはならない。長く付き合うのであれば呪いと『共存』する他ない」

「呪いと……共存」

そんなの考えたこともなかった。

呪いは悪で、押さえつけるもの。そう考えるのが普通だったから。

きっと魔法使いの誰に聞いても同じ答えが返ってくると思う。

やっぱりこの人は今の時代の魔法使いとは違う。魔法というものへの理解度が飛び抜けて高い。

「呪いと共存ってどうすればいいんですか? 考えなしに呪いを解き放ってしまったらまた体が痛

くなるだけだと思いますが」

「呪いに身を委ねるのではなく、律し、己が力として扱うのだ。呪いも闇の魔力を用いた魔法現象ならば、人の手で操ることができるのは当然の帰結だ」

なるほど。確かにそれが出来るようになれば、ガス抜きになって呪いが体内に溜まりすぎない。

よし、やってみよう。

「呪いを律して……制御する」

左胸に指先を当て、集中する。

体内に蠢《うごめ》く呪いから闇の魔力を抜き取る。

「う……！」

胸に刺さる鋭い痛み。

やっぱり呪いを制御するなんて無理なのかな。

「落ち着け。痛むのは呪いを御《ぎょ》せてないからだ。抜き出した呪いを支配し、制御下に置けば痛みもなくなる。お主なら出来る」

ルナさんのアドバイスを聞き、更に集中する。

抜き出した呪いは隙あらば僕を攻撃しようとする。それは僕が制御できてない証だ。

「言うことを……聞け！」

指先に魔力を集中。

イメージは首輪をつけ、手綱を握る感じだ。暴れ回る呪いを乗り回し……操る。

「はあああああっ！」

呪いを芯で捉えた僕は、腕を思い切り振る。

すると抜き出した呪いは漆黒の刃《やいば》となり放たれ、地下室の壁に激突する。

ズン！　という大きな衝撃音。

地下室はかなり硬い壁で出来ているんだけど……今の一撃でかなり大きなヒビが入った。

「……なんて凄い威力なんだ」

体から抜き出した呪いはほんの少しだ。

それなのにこんな威力を持っているなんて。開いた口が塞がらないや。

「よくやった。呪いの力を利用するその技を『呪闘法《じゅとうほう》』と呼ぶ。今も残っているかは知らないが古い時代には呪いをそのようにして扱う者たちもいた。お主ほど強い呪いの持ち主はいなかったがな」

「……凄い力ですね。使い方を間違わないようにしないと」

「喜ぶより先に心配が立つとは感心だ。力には常に責任が伴う。呪いの力ともなればその責任は更に大きい」

使ったから分かる。

これは当てた人を『呪う』こともできる恐ろしい技だ。使い方を間違えたら大変なことになる。

「技に善も悪もない。大事なのは使う人間、それを肝に銘じておくのだな」

「はい……」

手にしてしまった大きな力。

僕は間違うことなくこれを使うことができるんだろうか。

書き下ろしエピソード

時計塔の引きこもり

珈琲《コーヒー》が好きだ。


どこまでも黒く、底の見えないこの液体が、私は好きだ。

誰にも理解されない孤独な研究を続けてこれたのも、この優秀な飲料がいてくれたからだろう。

最近人間の助手（候補）も出来たけど、まだまだ珈琲のお世話になっている。

なんせ今のこの体は子ども。すぐに眠くなってしまう。若返れば一日中研究出来るなどと思った過去の私をひっぱたいてやりたい気分だ。

「……おや、来たようだね」

研究所《ラボ》にあるランプが光ったことで、私は客が来たことを確認する。

このランプは時計塔入り口の魔法錠とリンクしてある。時計塔に誰かが入ってくるとすぐ分かる仕組みになっている。

「では注いでおくとするか。ええと容器は三つ……と」

人数分のフラスコを取り出し、机に並べる。

大きさはまちまちだけど、まあいいだろう。大事なのは飲めるかどうかだ。形や大きさは本質ではない。後輩くんも何も言ってこなかったし大丈夫だろう。

「おっと早めに砂糖を入れておかないとね」

自分の使うフラスコに砂糖をドバっと入れておく。

うむ、これくらい入れれば飲めるだろう。

元の体の時はブラックを好んでいた私だが、今の子ども舌ではブラックは苦すぎる。砂糖は必須アイテムだ。

本当はミルクも入れたいところではあるが……そうすると色が変わってしまうのでバレてしまう。後輩の前でそんな失態は犯せない。先輩の威厳を保つためにも、そのようなことは出来ない。

などと考えていると階段を上がる音が聞こえてくる。さて、出迎えるとしよう。

「ようこそ二人共、我が研究所《ラボ》へ。多少散らかってはいるが、くつろいでくれたまえ」

私は珈琲を二つ並べながら、入ってきた後輩くんと聖王国の聖女様に言った。

事の発端は今日の午前中のこと。授業と授業の合間にここにやってきた後輩くんは、私に聖女様を紹介させてほしいと言ってきた。

なにを馬鹿なことを言っているんだと思ったが、話を聞くと厄介な事情があることが分かった。

面倒は避けて通りたい性格なのだが……仕方がない。次の休日、私の研究に一日付き合うことを条件に、私は聖女様に会うことと、派閥争いの件に力を貸すことを約束した。

「初めましてサリアさん。私はセシリア・ラ・リリーニアと申します。どうぞよろしくお願いいたします」

眩《まぶ》しい金髪を揺らしながら、聖女様は頭を下げる。

彼女が出来た人間だというのを聞いたことはあるけど、その話に間違いはなさそうだねえ。

気品を感じさせながらも、嫌味が全くない。私みたいなひねくれ者でも好感を抱いてしまうほどだ。人気があって当然だ。

「ああ、よろしく頼むよ聖女様。私は育ちが悪いから敬語が上手《うま》く使えないかもしれないが、そこは目をつぶってもらえると助かる」

私はそう意地の悪いことを言う。

まさかこんなことを言うとは思っていなかったのだろう、後輩くんは「へ？」と慌てた様子を見せる。彼には悪いが少し試させてもらうよ。

しかし聖女様は少しも嫌な顔をせず、

「何をおっしゃいますか。私は今はただの一生徒に過ぎません。サリアさんは先輩なのですからそのようなことを気にする必要はございません。どうぞ私のこともセシリアと呼び捨てにしてください」

「ぐう……じ、じゃあ、そうさせてもらうとしよう。ええと……せ、セシリア」

「はい。よろしくお願いしますね」

失礼な言動をすれば目隠しの裏に隠した本性を探れるかと思ったが、逆に器の差を思い知らされてしまった。

そこらの貴族とはやはり違う。こちらも礼節を以《もっ》て接しなければいけないね。

「えっとそれでは挨拶も済みましたし、本題に入らせてもらいますね」

そう言って後輩くんは派閥争いの件についてもう一度話し始める。

午前中に一度聞いた話だが、こうして私たち二人が揃《そろ》った状況で話し、認識に食い違いが出ないようにするのは大事なことだ。今気になることがあれば質問し、その答えを共有することも出来る。合理的だ。

「……という話です。なにか質問はありますでしょうか」

「そうだね、じゃあ私から一つ質問してもいいかい？」

セシリアは特に質問がないみたいなので、私が手を挙げる。

「はい、なんでしょうか」

「もし全てが上手くいったとしよう。マルスとやらが諦め、学園に平和が訪れました。そうしたら君はこの派閥をどうするつもりだい？」

「もちろん解体します。僕の望みはみんながこの学園で自由に過ごせるようになることだけ。派閥を使って自分の得になるようなことは絶対にしません」

そう語る後輩くんの目に迷いはなかった。

うんうん、これなら安心そうだねえ。そう思いながらセシリアの方を見ると、彼女は後輩くんの方をうっとりとした様子で見ていた。

おやおやこれは……？

「それならば安心だ。して、これからどうするつもりなんだい？」

「お二人には放課後、僕の友達二人と会っていただきたいです。二人とも心強い味方になってくれると思います。ちなみに……ここに集合してもいいですか？」

「むう……嫌だけどまあ、いいだろう。その代わりうるさくしたら追い出すからね？」

「ありがとうございます！　二人には言っておきます！」

その後少しすり合わせをした後、後輩くんは研究所《ラボ》を去っていった。

なんでも今回の件で先生とも少し話しておかなくてはいけないことがあるらしい。忙しい子だ。

そんなわけで研究所《ラボ》には私とセシリア嬢だけが残っている。てっきり後輩くんと共に去るものだと思っていたけど、律儀に珈琲を最後まで飲んでから帰るつもりらしい。

私も出したものを最後まで楽しんでもらえるのは嬉《うれ》しいが……気まずい。なんで筋金入りの人見知りである私が、お姫様と二人っきりの時間を過ごしているのだ！

「あの」

「うひゃい?!」

急に話しかけられ、変な声が出てしまう。

いけないいけない……先輩としての威厳がなくなってしまう。もとからあるかは定かではないが。

「サリアさんはその、どのようにして若返ったのでしょうか？」

「おや、気になるのかい？　詳しく教えてあげることは出来ないが、これは私の研究の成果によるものだよ」

そう教えるとセシリアは「それは凄いですね……！」と羨望の眼差《まなざ》し（目は隠れているが）を私

に向ける。後輩に尊敬の念を抱かれるのは……悪くない。私の自尊心がムクムクと膨らむのを感じる。

「ところでその研究の力は私にも使うことは出来るのでしょうか？」

セシリアは遠慮がちにそう尋ねてくる。

意外だ。こんなに若く、綺麗《きれい》な見た目をしているのに若返りに興味があるだなんて。

「残念ながらこの研究は私用に調整したものだ。君に使っても満足な効果はないと思うよ」

「そう……ですか」

セシリアはしゅんと落ち込む。

一応他の人にも使える用を開発してはいるけど、まだ完成は先だろう。

まあこれも売りに出すつもりはなく、あくまで研究の一環で作っているだけだけどね。

「なに、君なら若返らなくても大丈夫だろう。そんなものに頼ることはない」

「あの……そうではなく。小さくしたいんです」

「小さく？」

首を傾げる。

背を低くしたいということだろうか？　しかし彼女の背は特別高いわけではないと思うのだが……どういうことだろうか。

私が不思議に思っていると、セシリアは恥ずかしそうにもじもじしながら、口を開く。

「えっと……その……お、お胸を、小さくしたいん、です」

それを聞いた私は一瞬意味が分からずきょとんとしてしまう。そして数秒後に言葉の意味に気づき……ぶっ、と吹き出す。

「ふはははは っ！　何を言い出すのかと思えば……ふふっ、まさかそのようなことを気にしていたとはねえ！」

「わ、私には深刻な悩みなのです！　小さい頃から大きいのが悩みでしたが、今も大きくなり続けてしまい……その、聖女なのにこれは……は、はしたないのかな、と」

耳まで真っ赤にしながら、セシリアは言う。

その様子はとてもかわいらしい。今すぐその頭をなで、慰めてあげたい衝動に駆られる。

女である私ですらこう思うんだ、世の男性諸君が見たら恋に落ちてしまうだろうねえ。

「ふふっ。いや、笑ってすまない。悪気はないんだ。しかしそうか、私は持たざる者だからその苦しみは想像ができなかったよ。大きい者には大きい者の悩みがあるんだねえ」

「うう……誰にも言わないでくださいね……」

「もちろんだとも。乙女の純情を弄ぶほど、私も意地悪じゃあない」

私はすっかり彼女のことが気に入っていた。

後輩くんが今日のような場を設けてくれなければ、彼女のことを深く知ることもなく、聖女という肩書《レッテル》だけを見ていただろう。

やはりいつまでも引きこもり続けるのはよくないね。たまには外に出て、人と交流するのも大事だ。

重い扉を開け外に連れ出してくれた後輩くんには感謝しないとねえ。

「体の一部位を小さくする、か。まあ天才である私なら不可能ではないと思うが、そのような物は必要ないだろう」

「へ？　なぜですか？」

では感謝の印に、少しだけお節介を焼いてやるとしよう。

「後輩くんは君の胸をたまにチラ見していた。間違いなく気になっているよあれは。それは君の長所であり武器だ。捨てるなんてもったいない」

そうセシリアに伝えると、彼女は先程よりも顔を赤くし「あ、え……」と口をパクパクさせる。

「な、なぜあの人が出てくるのですか⁉」

「なぜって……君は後輩くんのことが気になっているのだろう？　見れば分かるよ」

「まさかそんな、バレているだなんて……！」

愕然《がくぜん》とするセシリア。

こんなにあっさり引っかかってくれるとは思わなんだ。

「ふうん。カマをかけてみたがやはり正解だったか。君たちは二人とも分かりやす過ぎるよ」

「だ、騙《だま》しましたねっ！　ひどいです！」

ぷんぷんと怒るセシリア。

本当に表情豊かな子だ。

後輩くんといいこの子といい、本当に見てて飽きないかわいい後輩たちだ。

「まあまあそう怒らないでくれ。それよりもその胸を使って後輩くんを誘惑する方法を考えようじゃないか」

「そ、そんな破廉恥なことはいたしませんっ！」

そんなくだらない話をしながら、私たちは仲を深め合った。

この世界にはまだ私の知らない楽しいことがたくさんある。退屈はしなさそうだ。

あとがき

みなさんにまたお会いできて嬉《うれ》しいです。作者の熊乃《くまの》げん骨《こつ》です。

よめはん二巻、いかがでしたでしょうか？　楽しんでいただけたらなら幸いです。

一巻ではカルスの住んでいる屋敷近辺のみが舞台でしたが、二巻では一気に世界が広がりました。カルスの住むレディヴィア王国はもちろん、王国以外の国も今後は物語に絡んでいくことになると思います。国家間の争いなどもファンタジー作品の醍醐味《だいごみ》だと思いますので、そちらもたくさん書いていきたいですね。

そして物語の始めでは子どもだったカルスたちですが、二巻からは背も伸び大きくなりました。強く頼もしくなった彼らを書くのは、とても楽しかったです。

本作漫画版の方も順調に進んでいますので、そちらも楽しみにお待ち下さい！


最後に謝辞を。

一巻に引き続き素敵なイラストを描いてくださったファルまろさん、ありがとうございます。描いていただいたキャラたちみんなとてもかわいくて、一人で身悶《みもだ》えしてました。いただいたイラストは全て私の宝物です！

そして根気よく付き合っていただいた編集のわらふじさんもありがとうございます。次の打ち上げも楽しみにしてますね！

最後に校正さんや営業さんなどこの本の制作に関わって下さったすべての方々。そしてなによりこの本を手にとってくださった読者のみなさまに感謝の言葉を述べ、あとがきを締めたいと思います。

またお会いできる日を、楽しみにしてます！

DRE NOVELS

余命半年と宣告されたので、死ぬ気で『光魔法』を覚えて呪いを解こうと思います。Ⅱ

～呪われ王子のやり治し～

2023年3月10日　初版第一刷発行

著者　熊乃げん骨

発行者　宮崎誠司

発行所　株式会社ドリコム
〒141-6019　東京都品川区大崎2-1-1
TEL　050-3101-9968

発売元　株式会社星雲社（共同出版社・流通責任出版社）
〒112-0005　東京都文京区水道1-3-30
TEL　03-3868-3275

担当編集　藤原大樹

装丁　木村デザイン・ラボ

印刷所　図書印刷株式会社

ISBN978-4-434-31707-1

ファンレター、作品のご感想をお待ちしております。
右のQRコードから専用フォームにアクセスし、作品と宛先を入力の上、コメントをお寄せ下さい。
※アクセスの際に発生する通信費等はご負担ください。

DRE
NOVELS